ヘルマン=ヘッセ

ヘッセ

●人と思想

井手 賁夫 著

89

CenturyBooks 清水書院

まえがき

ヘルマン＝ヘッセというと、多くの人が、ああ、あの甘美な青春の作家か、と思う。しかしそれはヘッセがボーデン湖畔ガイエンホーフェンに住んで、最初の妻マリーアとの一応幸福な結婚生活の中で三人の子供を養育した時代の作品にあたる。しかし次第にヘッセが生活に安住し得ず、所謂《いわゆる》インド旅行の後、スイスのベルンに移住して、画家の結婚生活の破綻を書いた『ロスハルデ』頃からそうした甘さが消えて、第一次世界大戦を経験したヘッセは『デーミアン』を匿名で出版して全く新しい出発をする。その後『クリングゾルの最後の夏』『シッダルタ』等の作品はヘッセの激しい感情の起伏や深い反省と思想を伝えて、東西の文化の橋渡しをしている。そして『荒野の狼』では時代と社会の混沌と不安とを訴えて、第二次世界大戦を警告すると共に人類の将来を問うている。『ナルチスとゴルトムント』ではヘッセの男女両性と善悪生死の二元の世界の統合を友情で結び、『東方への旅』で理想の国を求めて、志を同じくする古今の友が旅立って行く。そして最後の大作『ガラス玉遊戯』にヘッセはその理想国を建設して、東洋と西欧の文化を結合すると共に、永遠の流れを示すのである。こうして第一次世界大戦後のヘッセはスイス-テッシン州に隠棲《いんせい》しながら、絶えず時代と社会に接して、様々な身辺の雑事にもまれ苦しみながらも、常にそれを客観視してその思想を深め、新しい作品を作り上げ、多くの愛読者や讃嘆者に「西欧の賢者」と称えられるに至るのである。

こうしたヘッセの生活をたどりながら、その思想の発展と深化とをできる限り、その言葉と態度とで読者に伝えようと試みた。

ヘッセの第一次世界大戦以後の作品は、残念ながら我が国では、その初期の作品ほどには愛読されていない。それでも、『クヌルプ』『デーミアン』『シッダルタ』などは比較的多くの読者を持っているだろう。しかし『荒野の狼』、『ガラス玉遊戯』となると非常に少なくなる。殊に『ガラス玉遊戯』はその精神的な得もいえぬ美しさを持つにもかかわらず、序の章の難解さに加えて、女性が一人も登場しないで、殆ど精神世界の事柄に終始することもあって、緊密な文化的な興味深さをもつにもかかわらず、どうもとっつきにくいようである。しかし終わりに添えられた主人公の『三つの過去の履歴』という中篇は、ヘッセの全作品の中でも屈指の傑作である。これらをまず読むことで、この二〇世紀を飾る名作に親しんで欲しいものである。

ヘッセの作品はヨーロッパでは幾度かブームを引き起こしたが、アメリカでは一九四六年のヘッセのノーベル賞受賞の時も余り関心を引き起こさなかった。それが一九六〇年から七〇年代にかけて空前のヘッセ-ブームを引き起こした。しかもそれは『シッダルタ』と『荒野の狼』が中心であった。ヘッセがアウトーサイダーであり、その極東的な思想、神秘に対する傾向、反権威主義的、反物質主義的立場に惹かれたビート族たちの熱狂的な礼讃が、学界にまで影響を及ぼし、各大学のドイツ文学教室は聴講生で埋まり、ヘッセの研究論文があふれた。そしてこの熱狂がヨーロッパに伝わって新たなヘッセーブームを引き起こしたのだった。

ヘッセーブームは流石に沈滞したようである。しかしヘッセの生誕百年にはまた我が国でも幾つかの催しがなされた。そして改めて静かに、ヘッセの後期の作品が読まれつつあることは心丈夫なことである。何故ならヘッセは常に本当に人生の意味を反省し考える時に読まれる作家であるからである。

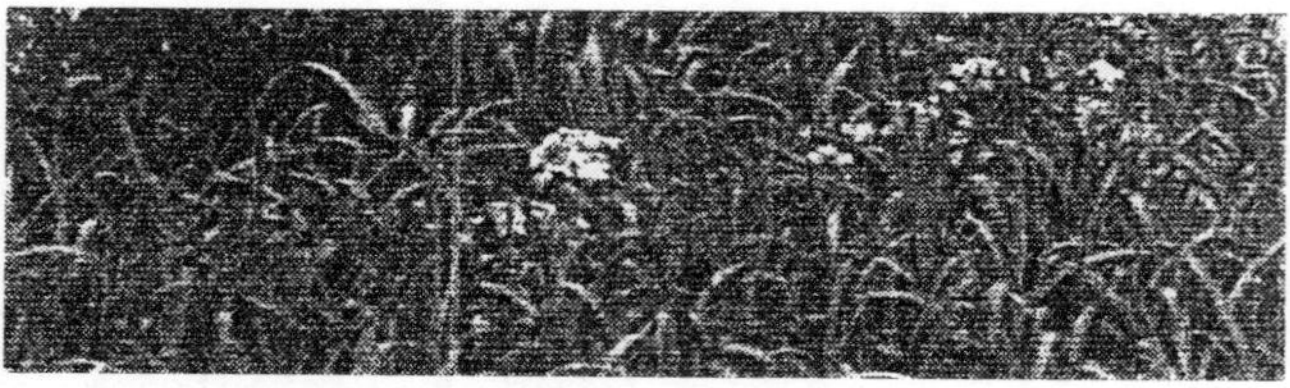

目次

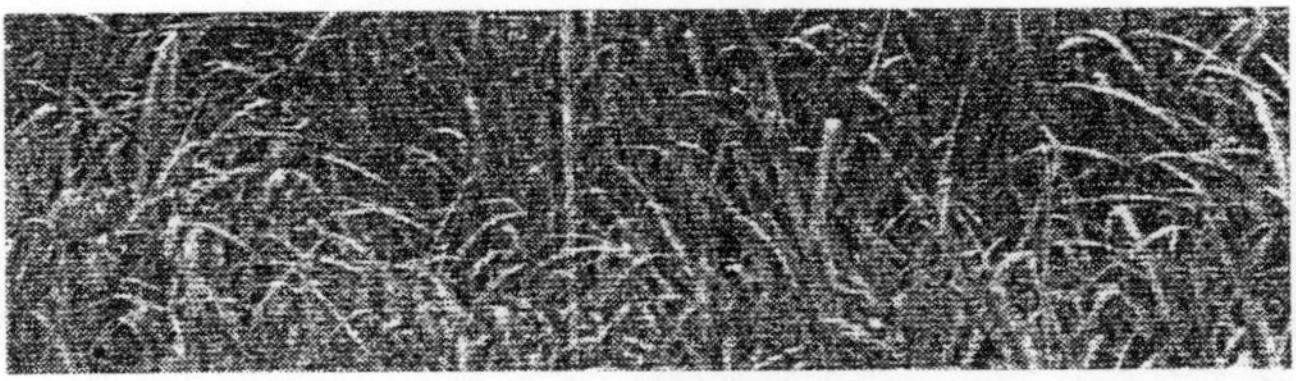

ハンブルク
ブレーメン
ポーランド
オランダ
ベルリン
ベルギー
ドイツ
ケルン
ボン
ライプチヒ
ドレスデン
ライン川
フランクフルト
マウルブロン
プラハ
ネッカー川
ハイデルベルク
ニュールンベルク
チェコスロヴァキア
カルプ
フランス
ドナウ川
ウルム
アウグスブルク
グラオボイレン
バーゼル
ジンゲン
ミュンヘン
スイス
ボーデン湖
ヌーシャテル
ベルン
ザルツブルク
ウィーン
チューリヒ湖
オーストリア
ローザンヌ
インスブルック
ジュネーヴ
ジュネーヴ湖
コモ湖
モンタニョーラ
カローナ
マジョレー湖
ルガノ湖
ガルダ湖
ミラノ
ヴェネチア
トリノ
イタリア
ヴェロナ
モデナ
ボローニャ
ジエノヴァ
ニース
サンマリノ
ラヴェンナ
ジエノヴァ湾
モンテカルロ
ピサ
フィレンツェ
リボルノ
アッシジ
アンコーナ
リグリア海
アドリア海
1 ハイルブロン
2 コルンタール
3 バートカンシュタット
4 シュトゥットガルト
5 テュービンゲン
6 ゲッピンゲン
7 ボル
8 シュテッテン
9 ガイエンホーフェン
10 トゥットリンゲン
11 ザンクトガルレン
12 チューリヒ
13 ウィンタートゥール
14 ブルンネン
15 グリンデルヴァルト
16 バーデン
17 ルツェルン
18 インターラーケン
19 ロカルノ
20 ルガノ

ヘッセ関連地図

I　早熟な少年

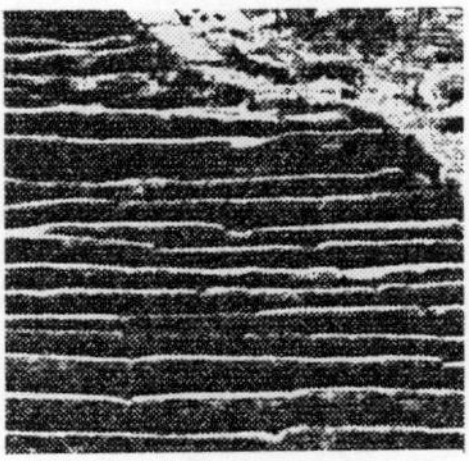

ヘッセの家系

同名の祖父

ヘルマン＝ヘッセの父方の分かっている最も古い祖先は、北ドイツ－リューベックの出で、その息子の代にエストニアのハンザ同盟都市、司教管区所在地ドルパトで商人として成功し、大同業組合員《ギルド》の一人となった。同じ組合員の一人でラトヴィアのリガ生まれの娘を妻として迎えた。この娘の母はポーランドの出身であった。この夫婦の間に詩人ヘッセと全く同名の祖父ヘルマン＝ヘッセが生まれた。

この祖父は非常に独創的で、機知とユーモアに富み、若い医師として荒涼としたヴァイセンシュタインに出かけて行くと、たちまちその周囲に人々を集め、毎月曜日に自宅で聖書講読を行い、あらゆる階層の人々が集まった。数ヶ月のうちに家を買い、素晴らしい庭園を整え、樹木と果樹と灌木と花に充ちていた。夏は暇な時は丸一日ここで働き、植物を自分の子供のように扱い、一輪の花を折ることも許さなかった。

この祖父は、詩人の母方の祖父ヘルマン＝グンデルトと同じく敬虔主義派の信徒で、前部インドの伝道に活躍したヨハネス＝ゴスナーの聖書によって信仰に入ったということは、母方の祖父も母マリー＝グンデルトも、父ヨハネス＝ヘッセもみなインド伝道に携わったことを思うと誠に深い宿縁であった。

詩人ヘルマンが生まれた年に、この祖父は第五〇回の学位記念祭を祝った。老若百人ほどの友人がドルパトから旗や記念品を持って馳せ参じて祝った。

敬虔主義者のグンデルト

父方の祖父以上に詩人に大きな影響を与えたのは母方の祖父ヘルマン＝グンデルトで、一八一四年シュトゥットガルトで生まれた。その先代及び先々代は、夫々「先生のグンデルト」「聖書のグンデルト」と呼ばれ、ネッカー地方にあまねく知れわたった人たちだった。「聖書のグンデルト」の息子ヘルマン＝グンデルトはマウルブロン及びテュービンゲンで学び、一時は熱狂的な汎神《はんしん》論者であったが、「改心」して、インドでの異教者伝道に生涯を捧げる決心を固めた。二一歳の時に英国の義歯製造工場主グローヴの家に家庭教師となったが、グローヴは世俗の仕事のほかに、インドの植民地に福音書を普及することをまた一つの仕事にしていた。それで若いグンデルトは、この人と共に英国からボンベイ、セイロン、マラバルなどへ旅行した。この旅行でグンデルトは自分の言語学上の才能を発見した。またたくまに彼は五つから六つのインドの方言を学び、しかもまもなくヒンドスタニイ語、マラヤラム語、サンスクリット語で原住民に説教できるほどに熟達して、のちにはインドの学者をさえも顔色なからしめるほどだった。

グンデルトはついに、インドに於ける敬虔主義派の伝道の草わけの一人となった。のちにイギリス伝道団からバーゼル伝道団の勤務にうつり、この団体のマラバル伝道の最も重要な代表者となった。このマラバルで彼は、グローヴの教団に属して、この地の女学校長として伝道に従事していたフランス語系スイス－ニューシャテル出身のユリー＝デュボアと結婚した。そしてこのマラバルで幾人かの子供が生まれ、その中に詩人の母マリーもいたのである。

グンデルトは六〇歳の時に健康を害し、バーゼルの友人の求めに応じてカルプへ帰って来た。ここで彼は重要なインド語の研究、とくにマラヤラムの百科辞書を完成すべき委託をうけ、その精力の三分の一をこれにさいて、三〇年かかって完成した。英国政府からもこれに奨励金を与えられた。残りの三分の二の力は、カルプの出版協会の仕事に費やされた。

博士はカルプで、独・英・仏の三語及びそれより数の多いインド方言に加えて数十ヶ国語を学び、それらの文法の研究に非常に熱心に従事した。また海外伝道と共に国内伝道にも献身的に働いた。祈禱、伝道の説教、会議、宣伝パンフレットの執筆、世界の諸国からの学者、宗教家、敬虔主義者たちの訪問の応接、さらに王に拝謁し、新教及び言語学界の最も重要な人々と交際し、たくさんの評論を読み、教会史、聖書釈義、翻訳、ことに聖書の大部分をマラヤラム語に翻訳するなど、非常に重要な著作活動を行った。

グンデルトのマラヤラム語辞書は最古の一冊であるのみならず、今日に至るまでも最も重要なもの一つである。また、彼は最初のマラヤラム語文法を作った。インドの最南部ケララにはグンデルト博士の記念碑が作られ、一九七二年に出版されたドイツ語マラヤラム語辞書の序文には、その辞書がグンデルトの記念のために出版されたことが記されている。この地方に於いては、従って今日なおヘルマン＝グンデルトの名は広く知られている。

ヨハネスとマリー

詩人の父ヨハネス＝ヘッセは一八四七年の生まれである。高等学校上級生の時、バーゼルの伝道教会へ手紙を送って、既に二年前から神学の研究に志していて、伝道によって主に仕えたい旨を述べている。非常に強い、しっかりした自我を持っていて、しかも、その自我を汲尽《くみ》くし得るような大きな聖なる目的に奉仕したい、と願ったのである。

ヨハネス＝ヘッセは、はじめは生徒として、ついで館長ヨーゼンハンスの秘書として、伝道館に四年とどまった後、一八六九年にマラバル海岸へインド伝道に向かった。しかしインドの気候には三年しか耐えられなくて、頭を痛め、赤痢を患って、一八七三年にロシアの郷里ヴァイセンシュタインへ帰って来た。しかしやがてヨーゼンハンスの助手としてカルプへ招かれた。この地で一一年にわたって、バーゼルの伝道雑誌を編集した。海外伝道への憧れとインドへの愛が、彼を早くから父グンデルトとその娘マリーとに結びつけた。

詩人の母マリーは、一八四二年一〇月一八日にインドのタラチェリで生まれた。しかし三歳の時に、両親が健康のためにヨーロッパへもどった機会に一緒に帰って、翌年両親が彼女たちを残して再びインドに行った後は、一五歳までバーゼル及びコルンタールで新教の宗教教育をうけた。一八五八年、一五歳で再びインドに行き父母と共に伝道と教育の仕事にあたったが、一七歳のとき父の病気のためまたヨーロッパに帰り、カルプに住んだ。そして英国人チャールズ＝アイゼンバーグ（ドイツ語読みではイゼンベルク）と婚約し、インド伝道のため一足さきにインドへ行った婚約者のあとを追って、一八六五年三度目にインドにわたり、結婚して三児をあげた。一八六六年生まれのテーオドーア、一八六八年生まれのカール、ほかに一八六七年に詩人と同名のヘルマンという児が生まれたが、この児は翌年なくなった。この結婚生活は、酷熱《こくねつ》と悪疫《あくえき》と無知と戦いながらの苦難な伝道生活だった。一八六九年、健康を害した夫と二児をつれてマリーはカルプに帰ったが、一八七〇年アイゼンバーグは永遠の眠りについた。夫の死後マリーは父グンデルト博士のもとに身をよせていた。

厳格な父

ヨハネスとマリーとが結婚したのは一八七四年一一月二二日だった。マリーは先夫の二児をともなって嫁したのである。詩人の姉アデーレの記述によると、ヨハネスは世間人としての教育、思想の陶冶、教養の広さ、文学的趣味、これらすべてに於いて、マリーにはるかにまさっていた。またギリシア、ラテンの古典語及び古典文学の愛好者だったので、ラテン語の格言を聖書の格言と同様に引用したほどだった。ゲーテも読み、プラトンや老子の思想にも通じ、余りにも狭いキリスト教絶対主義者たちからは彼に対して折衷主義の非難が度々なされた。

神学者としてのヨハネスは非常に寛大だったけれど、倫理上の事柄については非常に厳格で敏感だった。ヘッセのまたいとこの歌手モニカ＝フンニウスが歌の勉強に熱心であったことに対し、歌よりも神に仕えることにより熱心であることを求めてモニカの反感を買ったほどだった。尤も後にはモニカの歌を聞くことを求めるようになりはしたが。従って子供の教育についても心を安んじなかった。彼もまた敬虔主義者であった。しかしマリーの信心が形象や肖像を必要とし、その深い愛の能力によって養われたのに対して、彼の信仰は精神と良心とから力を得ていた。こうしてこの二人は宗教人として誠に奇しくも補足しあい、時には互いに忍びあわねばならない時でも互いにその信仰の基盤の上で助けあったのである。

この二人のカルプの生活は、五年間のバーゼル滞在で中断されている。このためカルプで生まれた詩人の幼年時代は三歳から九歳までをスイスで過ごしたわけである。

ヨハネス＝ヘッセは伝道館で授業をしたが、収入の非常に少ない、骨の折れるものだった。従来ロシアのパスで旅行していたこの「故郷のない男」はバーゼルでスイスの国籍を得た。彼がグンデルト博士の右腕としてカルプの出版協会の仕事についたのは一八八六年になってからのことで、一八九三年にグンデルト博士が死んだ後は、その職務と広範な活動をすっかり受けついだ。

詩人は父ヨハネスのことをその思い出の中で「人々は彼を少しも理解しなかった。……ただ私だけが彼をすっかり理解している。というのは私は彼と同じく一人ぼっちで、誰にも理解されなかったから」といっている。ヨハネスの墓碑銘は、その生前の希望によって、讃美歌の中の「わなは破れぬ、鳥は放たれぬ」の言葉であった。どんなに彼がその人生を耐えねばならなかったか。そしてどのようにそれを耐えていったか、詩人は感銘深く記述している。

母の芸術的素質

詩人の母マリーは、父ヨハネスと違って、はるかに芸術的素質にめぐまれていた。ことに早くから自分の体験を文字にあらわそうとする衝動をもっていて、敬虔主義的な自己観察や、抒情的な告白や、感動的な物語などで、四〇年以上にわたって殆ど間断なく続けられた日記を埋めている。殊に物語の才能にかけては、詩人はその姿に心からの敬愛をこめて、「長じてから聞いた有名な朗読者や語り手のだれひとりとして、母に比べると味けなく思われたほどだった」と記している。この母によって詩的空想力が幼いヘルマンの中に養われたということは、ゲーテやメーリケの母を思わせるものがある。

この母の幼い時代、また少女時代のいくつかの事件や出来事の中には、詩人の幼少時代を思わせるようなある性質がある。例えば、幼い彼女は、夢の中で理由のない恐怖におそわれたり、ひどく神経質であったりした。また、何よりも「緑の草地で、自由にはげしく飛びはねる」ことが好きで、いつも体のどこかにすり傷や打ち傷があり、着物を始終引きさいたりして、ひどく向こうみずだったということも詩人の幼時をそのまま偲《しの》ばせるものがある。早くから詩を作ったことも詩人に似ていた。音楽に対しても感動的で、激しい熱情を持っていた。不当な女教師に対する激しい憤りと反抗、また教会施設の敬愛していた少女が、禁を犯してある若い男爵と文通して罰せられたとき、ついにはその手紙の橋渡しをするといった事件は、詩人の神学校逃走とも比べられよう。一五歳の少女がインドへの旅の船の中で見かわしたある青年との、その瞬間からの熱烈な清純な恋、しかしこの恋が世間人との結婚など問題にならないとする程厳しかった若い父グンデルトから禁止されたとき、その苦悩の中から、その心の重点を個人的なものから超個人的なものにうつしかえることが始まった。彼女のいうこの改宗は、その後も多くの試練を経たにせよ、ゆるぎないものだった。それが彼女を、幼いヘルマンたちの子供の個人的な母から、それを越えた教団の母に成長せしめた。

カルブのヘッセの生家

　この母にはある神秘的なものがあったことは先にも述べたが、それが不思議な予感となってあらわれた。将来のことが明白な形で予感されて、それが現実となるのだった。ヨハネスとの新居を探していたころのある夜、マリーは美しい親しみのある部屋に立って、家具を置くために壁の寸法を計っている夢を見た。窓から表を見ると、真向かいに広場の噴水と市役所とが見えた。翌朝彼女はすぐに広場へ行って、夢に見た場所に貸家札が出ているのを発見した。二階のその部屋は、彼女が夢で計った通りに家具をおくことができた。マリーはそういう一種の透視ができたのである。詩人はつねに変わらぬ敬愛の心を以て母のことを語っている。それは常に母に帰る心となって、彼の作品の殆どすべての重要なテーマとなっている。しかし母の強い芸術的な、ひたむきな情熱と予感的な精神と、真実で素朴な抒情的な心とは、また父の聡明で、理性的で、原始的な、誠実な精神によって支えられていたことを忘れてはならない。

敬虔な家庭

祖父や父をカルプへ結びつけたものは、全くその職務にすぎなかった。それでも祖父は昔の友人を見出してその中に落ち着くことができた。しかしマラバルから帰って来てジプシーのように見えたグンデルトのインド的印象と、またときとしてひどく無遠慮で理解を欠いた環境の中におかれたことに気づいたヨハネスのバルト海的な貴族的な性質と、これらすべてが家族をシュヴァーベンの余りにも板についたその自然さからきわ立たせ分離させた。その相違を家族は必ずしも快適にではなく意識したのである。それはただ生活様式だけではなく、神学上の問題についても、新教主義にもかかわらず伝統的感情的な空気が支配していた。従って、若い時唯物論的批判をもくぐり、海外の空気にも接して来たグンデルトの信仰はすでにこの地方の狭い視野を越えていた。そして折衷主義者といわれたヨハネスもマリーと共にこのグンデルトの信仰を受けついでいたのである。

祖父グンデルトの書斎には一八、九世紀のドイツの哲学書及び文学書の大部分があった。しかし若い頃には音楽や文学を非常に愛したグンデルトも、後年にはこうした傾向を抑圧した。老年の彼が友としたのはバッハとホーマーとだけだった。グンデルトの妻ユリーは宗教的ではあったが、芸術的な素質を持たなかった。詩人の母マリーが芸術を好み感性的であったのに、ヨハネスはいずれかといえば対蹠《たいしょ》的であった。というより強く美に惹かれていたが、厳しい宗教感覚が殊に若い頃の彼の場合これを強く抑圧していたことは、前述したまたいとこのモニカの記述からも察せられる。

幼いヘルマンが育ったのはこの老グンデルトと両親の世界だった。経済的には誠にめぐまれなくて、一プフェニヒもおろそかにできなかったが精神的にはじつに豊かな世界だった。そこには東洋的インド的「広い世界を偲ばせる婆羅門の環境」と共に、敬虔な厳格な宗教的空気があった。そして多くのなじまないものをその周囲に比べて持ってはいたとしても、伝統的な宗教的な栄誉をもつ家としての「小市民的敬虔主義」が支配していたのである。

シュヴァーベンの精神世界

詩人ヘッセが、その作品の中で多く語っていない彼の育った家庭の空気はじつにこれだった。父ヨハネスの姿が美しく描き出されているのは、共にした森や丘の散歩のときだった。その姿は自然の中に自己の孤独を味わい楽しむ人であるかのようである。そして已れを持するに厳格な父の宗教的な、殆どカソリックの僧侶だけが日々祈禱をあげるような讃美歌と聖書の家庭の空気は、その裏に続く下町の下層社会の空気と対立して『デーミアン』（一九一七年作）に於いてはじめて明らかにとり上げられたあの多くの矛盾と衝突とを、自意識に目覚めることの早かった幼いヘルマンの心中に引き起こしたのだった。しかもこの小都市カルプを離れたシュヴァーベン全体には、「敬虔主義のどんな方向をも、過激な自由信仰主義にいたるまで排除しない精神世界」が存していた。そして幾世代にもわたって、グンデルトやヨハネスをも含めて顕著な、独創的な、独特な人物の群れがここに生存したということは、あるいはむしろそうした精神的摩擦の結果であったかも知れない。しかもこの精神的遺産は前述した如く、単にシュヴァーベンの牧師館や学校の世界だけでなく、ヘルダーリーンやヘーゲルやメーリケなどを育《はぐ》くんだ世界だった。

敬虔主義の仕事としての福音的異教伝道に於いてもシュヴァーベンは、すでにヘルマン＝グンデルトに代表されるほかに、テュービンゲンのハウアーの如き学者、中国の古典を翻訳したリヒアルト＝ヴィルヘルム、あるいはヘッセが『シッダルタ』（一九二二年作）の第二部を献じた詩人のいと・・

こで神道研究家であり、後に能や禅を研究し、『碧巌録《へきがんろく》』の翻訳をしたヴィルヘルム＝グンデルトなど、インド、中国、日本の研究などに特筆すべき功績をあげている。このような異国、殊にアジアの宗教や思想をとり入れることは、その影響による思想的精神的動揺乃至戦いはさけられなかったとしても、それを克服することによって非常に多くの多様性を得ることになった。そしてそこに詩人ヘッセの東洋と西洋との懸け橋をわたす大きな役割が与えられるのである。

幼年時代

ここで詩人の生まれ故郷カルプの紹介をしておこう。現在バーデン＝ヴュルテンベルク州の郡庁所在地で、人口約一万五千、ナゴルト川に臨む美しい町で、最近は工業の発達でしだいに新市街が開けて来たが、中央部は殆ど詩人の住んでいた頃と変わっていない。詩人はこの町を「世界で最も美しい町」と称えている。

ヘッセ新夫婦の新居は、前述したように、町の中央の広場に面していて、窓から向こうに広場の噴水と市役所とが見えた。

ヘルマンの誕生

この家でまず一八七五年長女アデーレが生まれ、一年おいて後の詩人ヘルマンが生まれた。一八八一年春両親がバーゼルにうつるまでヘルマンは五年近くここに住んだ。その後バーゼルから再び一八八六年にカルプにもどって来て、一八九〇年ゲッピンゲンのラテン語学校にうつるまでの九歳から一三歳までヘルマンはカルプに住んだ。

詩人ヘルマンの生まれたのは一八七七年七月二日月曜日、夕方六時半であった。「健康で、大変大きく、重く、すぐに空腹を訴え、明るい青い眼を明るみの方へ向け、頭をひとりで光の方へ向けた」とマリーは書いている。このあと男児パウル、ついで女児ゲルトルートと相ついで二人の子が生まれたが、いずれも半年ほどのうちに死んだ。一八八〇年一一月に、ヨハネスと結婚して五番目の娘マリー（愛称マルラ）が生まれた。後に、妻マリーの死後盲目になったヨハネスの世話に進んでその一生を捧げた娘である。このあとバーゼルで一八八二年七月にハンスが生まれている。

生まれ故郷カルプ

早熟なヘルマン

ヘルマンについてマリーは、「非常に知恵のつき方が早い。大変利口で面白い子だが、我意ときかん気とは時々手に負えない、またひどく激することがある」とも書いている。

ヘルマンが三歳のある日、みんなは山の上の古城のあとを訪ねた。そのとき一人の叔父がヘルマンを抱きあげて、胸壁の上へ差し上げて、はるか下の、町のある谷をのぞかせた。転落の恐怖がヘルマンを襲って、慄え、泣き叫び、急いで母の手で家へつれ帰ってベッドに寝かされて安堵するまで泣きやまなかった。それ以来、この恐ろしい恐怖を夢に見、泣き叫んで目を覚ますことがしばしばだった。これが、ヘッセの家庭的暖かさと田園的な周辺との中に入って来た不安感の最初だった。

四歳のヘルマンについて、マリーは旅先の夫にあてて、「この児にはある巨人的な力、強力な意志があり、また驚くべき悟性があって、命が縮むほど心配です」と書いている。

ヘッセは後に『デーミアン』の中にこの幼年時代の内面の葛藤について語っている。「尽きることのない母の愛情と父の騎士的な高雅な繊細な性質にもかかわらず」家庭の教育の根本は敬虔主義的キリスト教的原則であった。それは、人間の意志は天性根本的に悪いもので、神の愛とキリスト教的団体の中で救済をかち得るにはまずその意志が打ち破られねばならない、とするのである。それは子供の生来の傾向や素質や欲求や発達には全く信をおかず「苛酷な掟《おきて》に」服従させようとしたのである。ヘルマンの早熟な悟性はこの掟と戦わねばならなかった。「それは真実への衝動であり、事物とその原因を洞察しようとする要求であり、知識を調和させ確実に所有したい、という憧憬である。……」

苦痛の萌芽

こうした事物の徹底的統一への理解は、また善悪という問題に於いて最も鋭い面を示した。

「一方の世界は父の家だった。……愛と厳格と模範と訓練という名だった。この世界には穏やかな輝き、澄明と清潔が属していた。……しかし他の世界がすでに我々自身の家の中で始まった。まるで違った匂いがし、違った話をした。違った約束をし要求をした。この第二の世界には女中や職工や幽霊の話や怪しげな噂があった。」

しかもこの第二の世界を幼いヘルマンは自分の中に見出したのである。ヘルマンの強い自意識と厳しい自己批判と自己統一への意志、更に強烈な感受性は彼を一層苦しめたのである。

一例をあげると、クリスマスに両親から貰《もら》うプレゼントに対する期待、この欲望的な喜びをヘルマンはすでに浄められたクリスマスの喜びを汚すものと感ずるのである。そして贈り物を受ける時の弟たちの純粋な喜びに対して、すでに兄のヘルマンには弟ほど純粋に喜べないことに対する優越心と同時にそのことに対する反省を悪と感ずる気持ちがあった。

このように早熟で悟性と感受性の強いヘルマンにとって両親から加えられる叱責ほど彼を苦しめるものはなかった。「たたかれることや反抗することが問題ではなかった。父から受ける罰のもっとも辛い点は、再び両親の眼が私にやさしく向けられ、その耳が私の言葉を聞いてくれるようになるためには、私が屈従し、許しを乞うように強いられねばならないことだった。」

救いへの希求

バーゼルのヘッセ家の裏には広い野原があった。一八八二年三月一二日（ヘルマン四歳八ヶ月）の母マリーの手紙はこの野原で遊ぶヘルマンの姿を伝えてこう書

4歳のヘッセ

いている。

「昨日私は窓辺の仕事机の所から見ていましたが、彼は草原でひとりぼっちで、まるで信じられないくらい激しく愉快げに、ものをころがしたり、投げまわしたり、踊《おど》ったり、はねたり、とんぼ返りをうったり、それも間断なしに、一時間以上も疲れを見せずにやっていました。まるで放埓《ほうらつ》な仔馬か仔山羊のようです。」

マリーはしかし自分が幼い時やはり戸外ではねたり、とんだり遊びまわっていたことについては語っていない。マリーにもその頃やはり何か内心の幼い忿懣《ふんまん》をはらすものがあったのかも知れない。

こうしてヘルマンにとって自然が最も彼の身近なものになってくる。幼い日々を思い起こすとき、「そこには豊かに茂った栗の木や白楊《はくよう》、何とも言い尽くしがたい程に貴い午前の陽光、背景になっている立派な山々、それらが私にははっきりと見えてくる」といい、「最も深く心に残っているのは、私たちの家の後ろから始まって、子供の足には無限に広く思われた広い草原だった。」

この頃を思いだすヘッセの文章の中にはじつに豊かな色彩感覚があふれている。実際「いつでも絵や紙が彼の特別に好きなものです。もう朝食前から彼は熱心に絵を描くつもりの紙と燃やすためにちぎらなくてはならない紙とをよりわけています」と母マリーは伝えている。

幼いヘルマンは音楽的な素質に於いても優れていた。幼い頃から自分で詩を作って、それにメロディをつけて歌った。

九歳の誕生の祝いに両親によって贈られたヴァイオリンは、彼の中にあった音楽的な傾向にはっきりした形を与えた。「この日から私は自分のための一種の離れ島をもった。ある内面の故郷を、一種の避難所を」とヘッセは書いている。

こうして、絵にも音楽にも充分な素質を持ちながら、結局は一三歳の時に、詩人以外の何者にもなるまい、と彼を決心させたのはその悟性と内心の苦悩とだった。少年の彼の心の中には、すでにこれまで見てきたように敬虔主義的キリスト教で充たされない救いへの希求があったのである。そのことは更に今後の彼の成長の過程でしだいに明らかになってくる。

学校との闘い

これまで見て来たような幼年時代のヘルマンの鋭敏な感受性と内面的な統一的な真の理解への要求、その年齢をはるかに越えた悟性、それらが家庭に於いて多くの矛盾と衝突となって幼いヘルマンを苦しめて来たことを見てくると、そのヘルマンが学校で更に大きな苦悩を味わったことはけだし当然であろう。しかも当時のドイツの学校教育は個人の本性に対してじつに多くの無理解と圧迫とを加えたのである。後に、ヘッセは機会あるごとに学校教育を痛罵《つうば》せずにはいられなかった。

ヘルマンと自然科学

しかし幼稚園時代及びラテン語学校（一種の高等学校、修業年限九年で、小学校の上級と中学、高等学校を一つにしたもので、大学入学に必要な高等普通教育を授ける。一種のエリート教育である）について公刊された母の記述には、ヘルマンの悩みを偲《しの》ばせるようなものは何もない。むしろ万事うまく行っているようにさえ見える。

ヘルマンが幼稚園に入ったのは一八八一年四月にカルプからバーゼルへ移転した直後であろう。母の記述の中に特別なことは何もないが、ヘルマンが自分よりずっと年上の友達をもっていて、この友達がヘルマンを町のいたずら者どもから守ってくれ、そのかわり学校からの帰途にヘルマンの手袋をはめさせて貰う話が出ている。『デーミアン』の中で、少年シンクレーアをデーミアンががき大将から守る話を思い出させる。しかしたまには幼稚園を怠けて、母から客間へとじこめられた、という話がある。このおしおきに対して、「あんなことをしても役に立たないよ。ぼくは窓から外を見ていて退屈しなかったよ」といっているヘルマンの内面は知るよしもない。しかし幼稚園で習ったことは非常に明確に母に話していることが書かれている。

一八八三年六歳に達したヘルマンは国民学校に入っている。自然科学を習ってひどく得意になっていることを母が伝えている。このことはしかしヘルマンが自然科学的な興味を特に持ったということではない。バーゼルの裏の草地で見たチョウやトカゲに対する彼の観察と興味とにもかかわらず、「捕獲物や蒐集《しゅうしゅう》集には学問的な種類の関心は全くなく」て、そういったものの名前などは彼にとって少しも重要ではなく、「多くのものに自分で名前を発明した」のである。ただこれまでの無数の疑問に対して、ある程度の解答を与えてくれて、彼自身の全体的な統一的な事物の把握に重要な解明の手がかりを与えてくれた、という意味で彼にとっては非常に重要なことだった。そして一見非常に抒情的又は反文明的なその作風にもかかわらず、根底として真実への探究の重要なステップとしての科学の意義については十二分な考慮が後々までも払われていて、その意味で彼の作品の構成の基盤となっており、その最もよい例は『デーミアン』が、その象徴的表現にもかかわらず、進化論の基盤の上に成立していることである。そのことは後の章で説明するが、晩年、ジッドが自然科学的な研究に意欲を持ったことに対して同感的な態度の表明をしていることなどは、常に真実への探究という点に於いて一致するところである。

「二人の支配者」

ところでこの頃のヘルマンは学校で善良な優秀な生徒として通用している。しかしだからといって、ヘルマンがいわゆる模範生であるかどうかは甚だ疑わしい。父ヨハネスは「小学校では殆ど模範生として通っているヘルマンは時々私達の手にはもてあますことがある。私達にとっては非常に屈辱的であろうけれど、彼を何かの施設か他人の家へやるべきでないかどうかを真面目に私は考えている。私達は彼に対してあまりに神経質で、あまりに弱い。私達の家全体が充分に訓練され規則的になっていない」と父は案じている。

これはもう六、七歳の子供というより、一四、五歳の少年を見るようである。しかしヘルマンの才能に対しては充分な満足を示している。

「ヘルマンはあらゆるものに対して才能を有するように見える。彼は月や雲を観察する。長い間オルガンで即興的に演奏する。鉛筆かペンでじつに驚くべき絵画を画《えが》く。気の向く時には本格的な歌い方をする。そして詩の才能にも欠けてはいない。」

母マリーの手紙にはラテン語が非常に好きだという記録以外にはない。しかしこの時にはすでにヘルマンと学校との闘いが始まっていたのである。

「私は公立の学校へ委ねられた。年々変わる幾人もの先生を持った。そしてこの学校という施設のもつあらゆる弊害に悩んだ。学校と家とは二つの厳格に分離されたものだった。私の服従は二人の支配者をもった。そのうちの一方は私の愛を期待していたし、もう一方は私の怖れを予期していたに違いなかった。第一の害悪は、私が厳格な教師によって加えられるたびたびの殴打や禁《きん》錮《こ》になれて、父の与える罰をもう以前のようには気にかけなくなったこと、従って家庭での矯正がその価値を失って、道徳上のこの凹凸を解決する最も簡単な道さえも、父には不可能になってしまったということにあったのである。そこから父にとっては限りなく多くの心配と苦労とが生じ、私にとっては多くの不幸が生まれた。何故ならいまやあらゆる改善や赦しが困難となり、長い時を要したからである。このような批判的時代に、私はしばしば絶望し、心配と憤《ふん》怒《ぬ》とに悩み、不幸や恥辱や怒りや誇りに苦しんだ。」

敬愛した先生

当時のドイツの学校教師たちがいかに乱暴な権力をふるったかは我々の想像に余りある。

「強力な、どういう根拠によるのでもないのに、しばしば怖ろしく、且つ非人間的に誤用された権力であった。――両手の上をたたいたり、耳を引っぱったりして、血が流れ出るということもしばしば起こった。」

実際当時の教育者は、若い者の意志を打ちくだき、その衝動を「根絶する」ために必要とあれば何事をも辞さない心がまえを持っていたのである。

ヘッセはこうした教師への憤りが決して自分個人の問題ではなく、多くの人がこの訴えを持っていたことを実証して見せるが、そのヘッセがラテン語学校時代に敬愛した先生が一人いた。それはギリシア語のシュミート先生だった。職人や商人になる目的で学んでいる生徒達とは別に、より高い教育を目ざす七人の生徒が選ばれて、「この神秘な古い言葉を、ラテン語よりはるかに古く、はるかに神秘的で、はるかに立派なこの言語を学び始めたのである。それは金を儲《もう》けたり、世界を旅行することができるために学ぶのではなく、ソクラテスやプラトンやホーマーと知己となるために学んだのである。」このギリシア語が先生に対する尊敬への道を開いた。しかもこの先生の知識と教養とは「教師の小間物店」以上だということをヘッセに感ぜしめた。その上この先生は不幸だった。胸を患って重態の妻がいるために、他の先生達がするように、乏しい収入を補うための下宿人をおくことができなかった。それが少年の目には他の先生に比べて何か優れているように見えた。ヘルマンは勉学の途中で関節炎のために休まねばならなかった。おくれをとり返すために先生の個人教授をうけたヘルマンは、ある日先生との散歩の途上で、やさしく親しみのある人柄にふれることができたのである。

この先生は「他の生徒達の間では非常に愛されない先生で、厳格で、痛烈で、不機嫌で、ひどく怖れられた先生だった。」しかもこの先生は「私達の学校時代を非常に苦しいものに、しばしば不必要に苦しいものにした。彼は我々から多くを要求した。少なくとも古典学者を要求した。そしてただに厳格で頑固なばかりでなく、しばしば非常に気まぐれだった。彼は憤怒《ふんぬ》の発作に陥ることさえあった。」そしてヘッセ自身をも含めた「私達すべてによって真に怖れられていた。まるで池の中の幼い魚の仔が、追いかけてくるだつをこわがるようなぐあいに。」

勿論この先生と「悪い先生」との間には本質的な差異がある。それはこの先生のもつ、より高いものへの努力の真摯《しんし》さだといってよいだろう。それが同じ努力と真面目さとを持つヘルマンを惹きつけたのである。しかしこの先生もいわゆる一般的な教育者としてはすぐれた教育者とはいえないかも知れない。他の生徒達にとっては「悪い先生」と大同小異であったろう。しかし、ヘッセは言葉にこそ出していないが、彼が教育者として最も重んじたのは、より高いものへの意欲であり、この誠実さによってのみ教師は真実の心を持つ生徒の心を捕らえ得る、というのである。それは良い悪いを越えた教師としての基本的な資格だろう。

ラテン語学校へ

ヘッセにとって終生忘れ得ないほど苦難に充ちた学校時代の悩みについて、公刊されている母マリーの記録は何も報じていない。しかし実際には暗い陰のような不安と心配が両親の心を蔽《おお》っていたろうことがヘッセの記述によってうかがわれる。そして一八九〇年二月一日、ヘッセは母親に連れられて、ゲッピンゲンのラテン語学校へ入れられた。その事情をヘッセはこう説明している。

「これは一つには教育上の理由からだった。なぜかというと当時私は気むずかしくて非常に腕白な息子になっていて、両親の手にはもうおえなかったのである。」

それはたしかにヘッセのいう通りだろう。しかしそうした理由が同時に両親の次のような理由を促進したに違いない。

当時、優秀な生徒が神学生になるということはこの地方の習慣であり、伝統であった。殊にヘッセの場合、祖父グンデルトや両親がシュヴァーベンの教会で占めていた地位からしてもこれは当然な道であった。そしてシュヴァーベンでは、一八四〇年来毎年夏に「州試験」を行って、これに合格した約四五人の生徒が給費生として、まずマウルブロン、ブラオボイレン、シェーンタール、ウーラッハの神学校へ入学を許可され、ついで国費でテュービンゲン大学の神学部に進むことになっていた。これは名誉なことであると共に、また最も費用のかからない道でもあった。このためにはシュヴァーベンの国籍を志願者は持たねばならなかった。バーゼルでスイスの国籍をとっていたヘッセの家族は、このため、一八九〇年国籍をシュヴァーベンへ移した。そしてその年に「州試験」準備で国中にその名の聞こえていた校長バウアーのラテン語学校へヘルマンを送りこんだのである。

しかしこうした外面的な理由のほかに、ヘルマンの内部ではもっと深刻な反逆が起こっていたのである。『短い履歴』の中でヘッセはこう書いている。

「詩人となるか、それとも何にもならないか」

「学校時代の最初の七、八年は大体に於いて私はよい生徒だった。少なくとも、いつもクラスの最上位にいた。ところが一個の人格になるべきほどの人なら、必ず会わねばならぬあの戦いの始まると共に、初めて私も次第に学校と衝突するに至った。しかしあの戦いの意味を私が理解したのは、ようやくその後二〇年たってからである。当時はそれは私の意志に反して、怖ろしい不幸として単にそこにあって、私を包囲していたのである。

事情はこうであった。一三の年から一つのことが私には明らかになった。即ち私は詩人となるか、それとも何にもならないか、ということであった。」

しかしこの自覚が生まれると共に、ヘルマンにとっては誠に苦しいことが分かって来た。どんな職業や他の芸術の道にも、それになるための過程と授業があった。画家になるためにも、彫刻家になるためにも、そのための修業があった。「しかし詩人にだけはそういうものが存在しなかった。詩人であることは（中略）名誉なこととさえされていた。」しかし詩や文学に対する興味や独自の文学的才能は教師の疑惑を招くということ――そういうものに人々は疑いを持つか、嘲笑するかした。即ち詩人となってしまえば人々は彼を賞讃した。しかしそれになろうとすることに対しては

「教師は敵意を抱いていた……。」

「私が一三歳の時、そしてあの衝突が丁度始まっていた時、私の行状は、両親の家でも、学校でも、非常に遺憾な所が多かったので、私は他の町のラテン語学校へ追放されたのである。」

「詩人たらしめた瞬間」

詩人としての魂が目覚めたということは、畢竟《ひっきょう》皮相な外面の世界の殻を打ち破って、その下に真実の世界を見出そうとする欲求が自覚されて来たことである。上表の取りつくろった欺瞞《ぎまん》と虚偽に充ちた世界に耐え得なかったのである。多くのことが根本から理解され、解決されねばならないのである。そして年少の心にそれが達し得られないときに、それは多くの懐疑と絶望と憂鬱と放縦とをもたらし易い。

結局自己に真実ならんとする心、これこそ詩人たらんとする欲求となってあらわれるものだったのである。しかしすでに一三歳のヘッセに、それが充分自覚されたというのではなかった。ただ彼はやむにやまれぬ内心の要求に従おうとして、因襲的で外面的な公式的な判断と基準しか持たない外部世界と衝突した時、彼の絶望と懐疑との救いの場として、また更に積極的には内心の欲求の自由な展開の場として、自己の法則を行い得る場としての文学の世界が彼の前に開けたのである。それは彼自らがいう如く、一つの決心というより、一つの宿命であった。それはしかしまず一つの逃避であり、救いであった。それが何よりも真実たらんとする欲求の場となったのは、即ち根元の自覚に達し得たのは、ヘッセみずからがいう如く、「しかもあの戦いの意味を私が理解したのは、その後二〇年たってから」で、即ち第一次大戦の勃発《ぼっぱつ》した後といってよいのである。

ヘルマンをして詩人たらんと志しめるに至った機縁をヘッセは初めてヘルダーリーンの詩を読んだ瞬間に帰している。

「多分私を詩人たらしめた（以前から私ももう詩を作ってはいたけれども）瞬間を私は再び思いついた。それはこうであった。一二歳のラテン語学校生であった我々の持っていた学校の読本には、普通の物語やフリードリヒ大王の逸話やひげのエーベルハルトの話などが載っていた。みんな私は喜んで読んだ。しかしこういった話のまん中に、ある違ったもの、ある素晴らしいもの、もうすっかり心を奪ってしまうもの、それまでの私の生涯で出会った最も美しいものが載っていた。それはヘルダーリーンの一つの詩、あの断篇『夜』であった。これらの数少ない数行の詩句、この感情の何と素晴らしく、何とひそかな熱情とまた不安とを呼びさますものだったろう。これが文学だ！これが詩人だ！……少年の私にとって、まだ真の内容の分からなかったこの信じ得られぬような詩句から、予言者たるものの持つ魔術、文学の秘密がどれほどに私に打ちよせて来たことだろう。

——夜はくる。

星々に充ち、私達には殆ど心を労することもなく、

この驚嘆すべきもの、人間の中のこの異邦人、夜は
そこに輝いている。
山々の高みをめざして、悲しくも、燦然と。

青年時代の私は非常に感激して、非常に多く読んだけれども、この詩が少年の私をとらえたほど完全に私を魅惑した詩人の言葉は、それ以来一つもなかった。そしてもっと後に、二〇歳の時に、初めて『ツァラツストラ』を読んで同様に魅せられた時、私はすぐ読本の中のあのヘルダーリーンの詩と、芸術に対する少年の私の魂のあの最初の驚嘆とを再び思い出した。」

ヘルダーリーンの詩の中に息づいている崇高で深い悲哀と、隔絶され、押さえられた憧憬の永遠の世界、ヘルマンが家庭のしつけや学校の掟や、そういうものの彼方に、人の世界から離れて静かに横たわっているものとして予感し、心惹かれ、しかも身につけたそのしつけのためにおそらくは恐れを抱いたであろう世界、それが、それを感じ求めていたヘルマンの魂に、ヘルダーリーンの詩によって具象せられたのである。「これが文学だ！これが詩人だ！」と叫び、「秘かな熱情とまた不安」を呼びさまされたのは、まさにそのためだったのである。しかもまたすでにここに、ヘルマンが絵画にも音楽にも優れた天分を有しながら、文学の世界に入らざるを得なかった必然が、そしてまたヘッセの文学が、というよりも文学一般のもつ大切な一つの在り方が示されている。それは即

ち深い凝視と、同時にそれに伴う自分の属する世界の外からの観照である。それがヘルダーリーンの詩の中に感得せられたのである。

ゲッピンゲンへの失望

一八九〇年二月一日、ヘルマンは母マリーに連れられてゲッピンゲンのラテン語学校に入学した。マリーは風変わりなバウアー校長、下宿先の未亡人、助手長ヘルマンなどすっかり気に入った。そしてマリーの目にはヘルマンもここが気に入っていて、別れの苦痛も少しも示さなかった、と手紙で報じている。しかしマリーの観察はいつでも表面的で、ヘルマンの内心に少しもふれていない。しかしヘルマンはまず母との別れに打ち勝たねばならなかった。そして「この他国では行儀よくして、母の名誉を傷つけることのないように」心に誓い、「私の誓約をかなりよく履行して、行儀よくして」いたと両親に報告している。しかし当時のヘルマンの詩を見ても、ヘッセの思いは常に美しい故郷カルプに向かっていた。当時のゲッピンゲンは今ほどでないにしても、かなり工場があってカルプのような自然の美しさがなく、ヘルマンには気に入らなかった。また寮母に対しても、彼女が期待しているような尊敬と従順とを彼女に示すことはできなかった。そして彼女がヘルマンの犯した子供らしい誤ちの罰として彼女のがっしりした兄弟に体罰を加えさせようとしたのに対して「窓から身を投げるか、それともこの男ののどへかみついてやっただろう」という強い抵抗の姿勢で退けている。ゲッピンゲンの非常に不愉快な生活をヘルマンの生涯にとって「非常に実り多い重要なもの」にしたのは、ラテン語学校校長バウアーの影響だった。

校長バウアー

授業中にもパイプを手放さない、猫背のだらしない姿の、はき古したスリッパをはいた、まるで魔法使いのように見えたこの老人は、しかし生徒達の尊敬の的となり、この老人のためには、どんなことでも奉仕しようという気にさせたのである。それは、彼が、ヘルマンの中の「最高の努力と理想に訴えたということ、彼が私の未熟、腕白、劣等さを全く見ないように振舞ったということ、彼が私の中に最高のものを想像し、最高の業績を自明のものにしたこと」にあったのである。「この賢者は、我々にラテン語の文章論やギリシア語の語格論を非常に機知豊かに教えこむことを知っていた上に、我々少年達を有頂天にする教育的な思いつきをいつも持っていたのである。この人が干からびた役人達のいる学校という職業箱の中で、どんなに新鮮に、独特に、天才的に振舞ったかを想像し得るためには、当時のラテン語学校の持っていた厳格さや固苦しさや退屈さを想像し得なくてはならない」とヘッセは後に記している。

バウアーの風変わりな外貌は、始めは生徒達の批判や笑いの的となっただろうが、やがて却ってバウアーの権威となった。そのような奇癖の持つそうした教育的効果をバウアーはまた利用することを心得ていた。「常に敏感で批判的な生徒であり、あらゆる隷属やあらゆる臣従関係に対しては死を賭してまで刃向かうのを常とした」ヘルマンが完全にバウアーのとりことなり、魅せられてしまった。バウアーに仕えることが生徒達にとってこの上ない名誉であって、その一つの仕事であったバウアーの机の上の塵を二本の兎《うさぎ》の脚で毎日払うようなことさえも有難いことだった。実際バウアーは、しばらくはヘルマンにとって「指導者であり、手本であり、裁判官であり、崇拝する半神」でさえあった。すべての生徒達にもそうだった。

「私自身の青春時代を心理的に解釈しようとするなら、私は次のようなことを見出す。即ち幾度か反逆や逃亡を試みたにもかかわらず、私の青春時代で、最もよく、且つ最も活動的であったものは畏敬への能力であったということ、そして私の魂は、尊敬し、崇拝し、高い目的に努力することができた時に、最もよく成長し、最も美しく花咲いたということ、このことである。」とにかくヘッセ自身もいうが如く、それは「私が善良な生徒であり、先生を尊敬し、愛し、本当に真面目に勉学した唯一の短い期間であった。」

マウルブロン僧院へ

夏休みをカルプの家庭ですごしたヘルマンは久々に暖かく家族に迎えられて楽しい夏をすごした。祖父グンデルトは「ヘルマンは非常によい成績をもって来た。じつに率直に人の眼を見るので、だれでも彼に素直な喜びを感ずる」と書いている。ゲッピンゲンにもどってからのヘルマンは宿題に追われながらも、熱心に勉学している。ただ下

マウルブロン僧院

宿の未亡人とは矢張りうまく行かず、できるだけ早く下宿を出たがっている。この頃から頭痛や眼痛に悩んでいる。また時々突然呼吸がとまったように感じている。グンデルトは「私はしかしこれはただ神経だと思う」とも、「医者の診《み》るかぎりでは、有機的な原因はない」とも手紙に書いている。多分に『車輪の下』の主人公ハンスを思わせるものがある。ともかくこうしてヘルマンは州試験受験にシュトゥットガルトへ出かけることになる。

ヘルマンは一八九一年七月一四日、シュトゥットガルトで、ラテン語、ギリシア語、宗教などの試験を受けた。祖父グンデルトはヘルマンの書いたラテン文に感嘆している。七九名受験して三六名が合格、ヘルマンは二八位であった。こうしてマウルブロン神学校へ入るまでの休暇をヘルマンはカルプの家族のもとですごした。その八月三一日に祖父グンデルトは手紙にこう書いている。「ヘルマンがもっと神経質でなければよいのにと願う。」

祖父の不安は結局杞憂《きゆう》ではなかった。しかしそれが表面に出るまでには暫らくの時を要した。

九月一一日、ヘルマンは母に伴われてマウルブロンへ行った。

監視の下で

カルプの町から四〇キロメートルほど北に、古いシトー教団のマウルブロン修道院がある。この僧院はドイツで最もよく保存されている最も美しいものの一つである。

しかし修道院神学校の生徒の生活は、殆ど修道僧のそれに近いほど、厳格に規制されていた。勉学も休養も睡眠もいっさい一緒に且つきちんと定められた時間に行われ、つねに監視されていた。学校監督官の下に二人の教授がいて、その下に生徒の復習指導の講師がいて、この講師は勉学室でも、食堂でも生徒の監督にあたり、彼らと一緒の部屋に寝るか、それともそれにすぐ密接した部屋に寝るのだった。一日の日程は朝五時から夜八時まで厳格に定められていて、祈禱、勉学、自習などの時間が定まっていた。戸外の散歩は適度に行えば健康上有益と認められていて、特に願い出て週一度、まれに二度、一時間から二時間まで許されていた。休養は昼食後と夜食後に一時間という工合である。この制度もヘルマンの頃には多少ゆるめられてはいたが、兵営生活に近い厳格さの支配していたことは昔と変わらなかった。日常の挙動についても、大声を出したり、叫んだり、飛びはねたりすることは禁じられていた。勿論喫煙も飲酒も禁じられていた。これも後には幾分ゆるめられはしたが、いずれにしても一四歳から一八歳までの最も潑剌《はつらつ》と

僧院の泉

した青年たちがこのような強制された静粛と大人びた態度を持していなくてはならなかったのである。そしてヘッセの先輩である二人の詩人ヘルダーリーンもメーリケもそれに耐えたのだったが、ヘルマンの場合には、はけ口のない蓄積された不満とどこへ向けてよいか意識されない憤りが突然火を噴いたのだった。

それまでのヘルマンの手紙からは、こうした危機は少しも感じられない。入学した翌一八九二年二月の両親への手紙の中には「ぼくは嬉しい。楽しく満足しています。神学校の中にはぼくをひどく惹きつける空気が支配しています。なかでも生徒と先生の間の密接な打ちあけた関係、それから生徒相互間の気持ちよい間柄」といい、「何もかもが一緒になって、すべての間にしっかりした美しいきずなを作っています。どこにも強制が見出されない」といって、友人一人一人を紹介している。

こうした手紙や両親が受けた印象などは、祖父グンデルトの感じた不安を除いては、「一三歳で詩人になろうと決心した」ことは表面的には何の影も示していない。ただ目立つことは、この年一月一七日に、一〇人ほどのメンバーで古典閲覧会を組織して、シラーの『フィエスコ』を読み、またゲーテについて論じてもいる。しかしヘルマンの仲間以外にも同様の目的を持つ文芸クラブができている。祖父グンデルトはヘルマンのこうした動きについて、「若いものには何でもできる」と笑っていたが、正しい指導者の欠けていることを心配していた。

そこへ思いがけない電報が来た。一八九二年三月七日、午後四時四〇分発信、五時一〇分着信。カルプ宣教師ヘッセ宛。

「ヘルマンが二時以来見つからない。何らかのお知らせを乞う。パウルス教授。」

その後に分かったことは次のようなことだった。ヘルマンはもうクリスマス以前から、ひどく興奮することがあって、熱烈な過激な詩を作っていた。しかしこの状態はまもなくまたおさまって、普段の快活で陽気な彼にもどるので、特別に教師に申し出る必要は感ぜられなかった。ただ最後に、外出前の午後一時半に、快活ではあったが、二、三の友人たちに「逃走するつもり」だと話したが、だれもそれを真面目に受けとらなかった。

二時の授業の時に彼がいないことが分かったとき、まず停車場が探され、更に近くの森林を、一、二時間の距離にわたって、先生の引率のもとに生徒達が探し、更に近在の市町長達に連絡して捜索が続けられた。

逃　走

ヘルマンは神学校を飛び出すとやたらに歩きまわったらしい。自由時間の散歩の間、彼は次の講義の準備のための書物を腕にかかえて、外套も手袋も金もなく、半ばためらいながら、意志なしにさまよい出た、と母マリーは日記に書いている。事実ヘルマンはヴュルテンベルク、バーデン、ヘッセンと州を越えて歩きまわった。そして『車輪の下』の主人公ハイルナーの逃走の状況は殆どそのままヘルマンの逃走のそれを思わせるものがあろう。ただヘルマンはハイルナーとは違って二三時間後には学校へもどろうとして、警官に発見されている。「どこへ行くのか」と尋ねられて、彼は「マウルブロンへ」と答えている。そして警官の打った「逃走者発見」の電報に指導講師達が彼を迎えに来た。ヘルマンが教授の部屋でポケットの手帳をとり出した時、わらしべが落ちた。彼は酷寒の夜を戸外で過ごして凍えながら、わらたばの中にもぐりこもうとしたのだった。零下七度の戸外で過ごした夜の八時から明方四時半までのほかはずっと歩き通しだった。

逃走の果てに

シュヴァーベンの敬虔派の伝統ある教会の家に生まれて、その跡をつぐことを期待されていたヘルマンの神学校からの脱走が敬虔な父母にとってどれほど大きな打撃であったかは想像に余りある。

一方マウルブロンでは、ヘルマンをこの上神学校にとどめるべきではない、ということで意見が一致して来た。ヘルマンには自分自身を訓練し、その精神と心情とを必要な枠の中におさめる能力が著しく欠けていることを指摘している。逃走の罰として、一二時半から夜八時半まで、監禁室で水とパンとで過ごすがその間ホーマーの『オディッセー』に没頭している。しかしひどい頭痛に絶えず悩まされている。また異例な無気力に捕らえられて「夕焼けのように消えて行きたい」ともいっている。親友ラングの両親が息子にヘルマンとの交際を禁じた悲しみも訴えている。そして頭痛と不眠症のために、三月一三日普通の休暇より八日早くカルプに帰されている。

四月二三日に再びマウルブロンにもどるが、五月三日づけで、祖父の末子ダーヴィット＝グンデルトから家族に手紙が来て、ハルトマン教授の息子の手紙を報じている。それによるとヘルマンが息子を殺すだろうと幾度もいったあげく、ベッドの息子に本当におそいかかった、というのである。ヘルマンは頭痛がして、それをなおすには誰かを殺さねばならない。そして自殺する。そしたらこの荒涼たる世の中から救われる。死後の世界には天国や地獄はなく、霊魂が互いに交際しあい、銘々が他人を理解し、幸福でいる。それを信じ、楽しみにしている、云々とヘルマンの言葉を報じている。

母マリーはその頃の日記に、「ヘルマンが私達を『あなた』と呼びかけて奇妙な手紙をよこした」と書いている。人々は精神病医や精神病院を問題にしたが、マリーは強くそれに反対して、「それは神経衰弱の子供を精神病にする最善の道だ」といって、当時精神治療で有名だった、ゲッピンゲンの南一〇キロメートル余りのボルのブルームハルト牧師に相談することにした。

混乱と模索

放浪の始まり

ブルームハルトという人は父子共に牧師で二人とも一種の霊感療法で、悪魔払いとしてドイツ中に有名だった。父のブルームハルトは詩人メーリケを治療したことがある。メーリケはリューマチと軽い半身不随で、さまざまな治療を試みたが、効果がなかったので、人に勧められて、神学校時代の旧友であったブルームハルトを訪ねた。二日間の滞在の間、ブルームハルトは、さりげなく、親しげに、しばしば腕を詩人の背にまわした。メーリケはそれで非常に元気づき、そのあとナイナハに養生に行き、数週の滞在ですっかり回復した。息子のブルームハルトの評判は父以上で、ボルの温泉場はこの二人のおかげでシュヴァーベンのヤスヤナ‐ポリヤナのようであった。そして父子共にグンデルトやヘッセの家庭と交際があったのである。

マリーは五月七日ヘルマンをマウルブロンへ迎えに行って、一緒にボルへ行った。息子のブルームハルトに会ったが、その独特な態度がヘルマンの心を惹きつけたようだった。ボルでの滞在はヘルマンには気に入った。ブルームハルトは、治療を求めて来た滞在者に、銘々勝手にさせていたようで、ヘルマンは玉つきやボーリングをしたり、散歩をしたり、シューマン、シューベルトなどの歌を歌ったり、呑気な生活をしている。ただ、「勝手気ままな生活を乏しい父の家計からの出費でしていることはすまない」と書き送っている。しかしひどく満足して、ピアノを人が演奏するのを聞いたり、散歩のつど珍しい花を集めて来たりしている。手紙で始終訴えていた頭痛や不眠もなくなっている。そのうち舞踏会も催されるようになった。父にあてて、「一度ボルでゆっくり休んだらよいでしょう。きっと体によいでしょう」と書いている。

ところが一ヶ月余りした六月一五日づけの手紙では再び頭痛を訴えている。しかし部屋は花で飾られ、居心地よく、ちっとも退屈することがない、とも書いている。

しかしヘルマンのこうした手紙は誠に信用できない。内心の真実の動きが少しも表にあらわされていないことはマウルブロンの脱走の場合もそうだった。

六月二一日の朝、マリーはボルからの手紙を受取った。直ぐ来て欲しい、というのだ。

ヘルマンは二〇日、ピストル自殺を試みたのである。幸い弾丸が発射されなかった。ヘルマンは異父兄のテーオドーア゠イゼンベルクが当時住んでいたカンシュタットへ出かけて行って、そこでオイゲーニエ゠コルプという二二歳の娘に出会って、時々一緒に遊んだ。この娘に一四歳のヘルマンが愛を告白した。オイゲーニエはひどく驚いた。ヘルマンは退くよりほかはなかった。そして知り合いから金を借りてピストルを購入すると、直ちに自殺を試みたのである。ヘルマンは文学的には早熟だったが、性的にはむしろ臆病なほうだった。精神的な早熟さがこういうことを引き起こしたのだろう。

母マリーに、ブルームハルトは怒りたけってヘルマンを罵って、直ちにシュテッテンのシャル牧師の所へ行くように命じた。初めブルームハルトはヘルマンを精神病院に入れることを要求したが、こんな若い少年を精神病院に入れることは、結局精神病者を作ることになると反対されてシャル牧師の所へ行くことになった。

シュテッテンはエービンゲンの南東一〇キロメートル余り、シュヴェビッシェ－アルプの南麓にある。

シュテッテンではシャル牧師の所で、園芸の仕事を早朝から夕方までさせられた。やがて高等学校の聴講を許され、ラテン語や歴史の勉強をし、一日一時間先生の代理もした。暫くは落ち着いているようだったが、「ヘルマンが余りに文学書を読みすぎる」といってツルゲーネフの『もや』を取り上げられたりすると、不満が表面に出て来た。「神に心を向けよ、キリストに心を向けよ」と説かれると、「この神の中に妄想以外のものを見ることができない」ともいい、ついには庭仕事もしなくなった。働かないと、食物を減らされたが、頑として彼は聞かなかった。

死への憧憬

この頃母マリーは心配の余り病気になっている。ヘルマンは医者の診立てでは精神錯乱の初期にあって回復の見込みが乏しい、といわれている。

ヘルマンをどこに置くかということで家族が非常に頭を痛めていた折から、バーゼルの牧師プィステラーから、ヘルマンのかつての級友であった息子が二週間余り一〇月一日から休暇でもどってくるから暫く来ないかと誘いがあって、ヘルマンはシュテッテンから一三時間の旅をしてバーゼルに落ち着いた。牧師はヘルマンを観察して、「少しも異常な所はなく、夜もぐっすりとよく寝《やす》み健康だが、ただ年の割に文学を余りによく知っていて、『ベラミー』（モーパッサン作）などを読んでおり、考え方に子供らしい所が少しもない。学校の成績のよい自分の息子も、ヘルマンのそばではまるで子供のようだ」と批評している。

この時期、一〇月二〇日づけのヘルマンの母への手紙には、「死に憧れていて、初恋の悩みはいまは忘れることができたが、死だけがこれをいやしてくれる」と書いている。またその二日後の手紙の中では、母が神をいうのに対して、「自分はこの神を知らない、母が神の中に見るものを、自分は母の中に、一般にすべての愛の中に見る」と答えている。

牧師の息子の休みが終わると、またヘルマンをどこへ置こうかと周囲の人々は悩んだが、結局ギムナージウム（文科高等中学校。九年制で卒業すると大学入学資格を得る）で勉強したいというヘルマンの希望にそって、父ヨハネスはシュトゥットガルトに近いバート・カンシュタットのギムナージウムに出かけて、そこに決めて来た。

ヘルマンはバーゼルからカルプに立ち寄った後、カンシュタットへ行き、そこのギムナージウムの第七学級に編入された。ラテン語とギリシア語とはヘルマンは他の生徒より優れていたが、フランス語と幾何とがおくれていて、それをとり返すために夜一一時頃まで勉強している。この頃の手紙は暗く、精神的にすっかり弱っているようで、暮れにカルプへ帰った頃は落ち着いていたようだが、翌一八九三年一月中旬のカンシュタットからの手紙には、二、三の書物を手あたりしだい持って行って、それを売ってピストルを買って来たが、「今度は自分に打ち勝った。それとも臆病だったのかも知れません」などと書いている。悪友ができて、夜おそくまで飲酒にふけり、夜下宿へ帰らないこともあって、下宿から出るようにいわれたこともあった。

四月二五日に父方の祖父ヘルマン＝ヘッセが水腫で亡くなった。その死はさすがにヘルマンを反省させて、おとなしくしていたようである。

「ぼく自身がぼくの神」

六月二三日には祖父グンデルトの息子ダーヴィットに宛てた手紙の中で「ぼくは文学、詩に夢中になっていました。汎神論と美とに。……あなた達にとっては、汎神論者、夢想家は、無神論者、ニヒリストと同様に遠い存在なのです。いまはぼく自身がぼくの神です。ぼくは出来上がった完成したエゴイストです」とはっきり書いていることは注目すべきことである。汎神論がキリスト教会によって無神論者、異教徒として排斥されたことは一六世紀以来のことで、一七世紀にスピノーザが汎神論を唱えて圧迫されたとき、レッシング、ゲーテをはじめとして文学者や哲学者が教会に反論したけれども、教会派のこの考えは依然として今日にまで残っている。詩人となろうと決心したヘルマンが、そのことをここで書いていることは、マウルブロンからの脱走以来ヘルマンの心の中にたまりたまっていた鬱憤《うつぷん》がようやくはっきり自覚された形をとったことを示している。

夏休み前にそれでもヘルマンは試験に合格して、第八学級に進むことになった。少し前、六月一九日づけの父への手紙では進学したらそのあと獣医学を学びたい、といっていた。ヘルマンは休暇にカルプへもどって気ままに釣りをしたり、泳いだり、散歩したりして何も問題を起こさなかったようである。ただ煙草を吸いすぎると母は心配している。それとカンシュタットでヘルマンが勝手にゲーテ、レーナウ、ハイネなどを買いこんだので高い請求書が来た位のことである。

ヘルマンは九月一七日にカンシュタットへもどって、しばらくは、「健康で、快活で、親切で、家の秩序にも、自分達の願いにも従ってくれる」と下宿先でも喜んでいたが、一〇月になって、気持ちが昂じて、しばらく食事もとらずに、手のつけようのない状態になった。その興奮も通りすぎたように見えた、と下宿から母マリーに手紙で報ぜられて一、二日後にヘルマンは、両親にあてて、「もうやって行けない。頭痛というのではないが、頭の中に鈍い恐ろしい圧迫があって、仕事に根をつめると頭痛がする。決して多すぎない宿題が自分には負担で、いつもの三倍も四倍もの労力を要し、ちゃんとついて行けないので、いつもまた罰として宿題を課せられる。非常に悲しいことだが、もうやって行けない。この上は他人の所でなく、家へ帰って庭仕事をしたい」と訴えている。

父ヨハネスは、一〇月一〇日づけで、「いつでも帰って来てよい、もう一度努力して見ないか。長い勉強に耐えられないなら、商人か何か始めることも考えられよう」という返事を出したが、一〇月一三日にヘルマンは母に同じことを訴えて、「お母さんが自分で来られないなら、少なくとも退学の許しを手紙で書いて送って下さい」と訴えている。その後の手紙では、何か実際的な職業につきたい、と述べている。ヘルマンはいつも無為に父に費用をかけることを気にしてもいた。簡単なこの手紙は、突然のこの変化が何であるかを具体的に示してはいないが、何度か人に注意され、それに従おうとしても、ついには本来の彼の内心のかくれた欲求が押さえ切れなくなったと見るべきだろう。マウルブロンの脱走の時以来そうであったように、ヘルマンの思いがけない行動や決心を予《あらかじ》め察知させるようなものはいつもない。何度かの苦痛の訴えや激しい感情の勃発《ぼっぱつ》の後に、その嵐がおさまるかと見えて、人々が安心しているときに、いつも突如として意外な結果が表面に出る。

急速に退学が決定し、ヘルマンはカルプへもどって来た。カルプの商業学校へ通わせようという案も出たが、エスリンゲンのマイヤー書店につてがあって、そこへ見習いに行くことに決まって、一一月二五日づけで書店主マイヤーと父ヨハネスとの間で、三年間の徒弟契約が結ばれた。そしてその日、ヘルマンは徒弟になった。ところが三〇日にはもう脱走している。

書店主マイヤーによると、ヘルマンは最初の数日、初めて入って来た者に特有の熱心さを示したが、ただその手記が非常に読みとりにくく、ごく簡単な言葉や名前でさえ訂正しないでは読みとり得なかった、という。その脱走は意志力の欠如と見なされている。

脱走したヘルマンは一一月二日になってシュトゥットガルトにあらわれた。翌三日、父ヨハネスは急いでかけつけて、ヘルマンをつれて医者の診断を受けさせている。

両親のもとで

このときから翌一八九四年五月まで、ヘルマンは両親のもとで、庭仕事をしたり、時には父の助手としてその事務的な仕事の手伝いをした。そしてその暇々に、祖父と父のおびただしい蔵書の中から読みあさることができた。これはヘルマンにとって非常によい勉強になった。

一応ヘルマンは落ち着いているように見える。しかし一八九四年五月初め、父に手紙を書いている。同じ家に住みながら手紙という迂遠な方法をとったのは、互いに激し易く、考えも根本的に違っているからだ、といっている。ヘルマンはどこまでも文学に仕えようとするのだが、両親はそれに反対している。そして両親がヘルマンのためにしようとすることは少しもヘルマンの気に入らない、という。

父と子との間にいろいろと手紙を通して話し合いが行われた。結局それから約一ヶ月後、六月五日に、ヘルマンはカルプのペロットの機械工場に勤めることになった。まもなく、同じペロットの時計工場にうつって、約一年半、一八九五年秋まで勤めた。毎日ねじ万力をもって旋盤《せんばん》の所に立って、やすりをかけ、穴をあけ、けずり機でけずり、はんだごてを使い、時には鐘をつるすために教会の梁《はり》によじ登りもした。ともかく、昼間勤めて、給金を手にして、余暇は自分の好む文学の研究に精を出した。ハイネから始めて、独（フライターク・ラーベ・ズーダーマン）、露（プーシキン・レールモントフ・ツルゲーネフ）、北欧（リー・イプセン・ビヨルンソン）、英（ディッケンズ）、仏（ゾラ・ラ＝マルティーヌ・シャトーブリアン）、西（セルヴァンテス）などの概観を友人に書き送っている。その後更に、ゲーテと浪漫派に近づき、シェイクスピア、スターン、フィールディング、ディドロー、ヴォルテールと読み進んでいる。そして近く短篇小説をまとめることを友達に報じている。しかし、時計工場にいつまでも落ち着いてはいられず、インドに行こうと考えたりした。一八九五年の夏には、農夫になってブラジルへ行こうという計画をたてて、英語の勉強を始める。おそらく古い習慣から抜け出して、新天地にわたって新たな生きがいを見出そうとしたのかも知れない。時計工場の仕事に対する不満が高じてくると、しばしばまた頭痛がし出して、鬱屈《うっくつ》した感情が発作的な憤怒《ふんぬ》になってあらわれたりして、時計工場との新しい契約は出来ない状態になった。それでもペロットは寛大にも、ヘルマンが機械工の仕事に通じ熟練している、という証明を書いてくれた。実際にはその徒弟時代の半分も終わっていなかったのである。ヘルマンは結局九月半ばで時計工場をやめている。しかし、両親の了解を得て今度は書店の仕事につく決心をして、時計工場をやめた二週間後に、ラテン語の教養のある若者が書店の見習い店員の地位を求める、という広告をシュトゥットガルト新聞に出した。その三日後の一〇月四日、テュービンゲンのヘッケンハウアー書店が見習いの地位を提供して来た。

孤独と自由と読書と

一八九五年一〇月一七日、ヘッセはテュービンゲンへ来た。ヘッセ一八歳、初めて本当に独立したのである。ヘッケンハウアー書店は参事会聖堂に向かいあう位置にあって、大学からもさほど遠くない所に現在もある。ヘッセはここでまず三年間を見習いとして、次の一年は次席取次店員として計四年間働いた。仕事は毎日朝七時半に始まって、一時間の昼休みをはさんで夕方七時半まで、じつに一二時間を立ち机か店台の所に立って、他の見習い同様、書物の包装、運搬、説明書の送付、送り状の整理、雑誌の発送、古本の在庫調べなどにあたり、時にはヴュルテンベルクの新教の全僧職へあてて案内状を書いたりした。また見本市のカタログを研究し、しだいに書店の簿記の秘密にも通じた。この書店の仕事は神学、哲学、法学の分野で、非常に広範な、豊富な在庫を持ち、また製本業も兼ねていた。ヘッセはこの職業に興味を持ち、その仕事に満足していたようである。しかしやがてまた頭痛が始まった。一日中立っているために夕方には全く疲れ果てて、ヘレンベルガー街二八番地の自分の部屋にもどってくるのだった。

テュービンゲンの街をヘッセは気に入っていた。狭くて、曲がりくねった、中世的浪漫的な町で、霧が多く、また少々汚くもあったが、城は立派で、中でも城山と並木道とは美しく、中央を流れるネッカー川には樹木の茂った美しい中州が公園になっていた。

ヘッセの住んでいた所は本来の旧市街の外側であったが、誠に素気ない、味わいのない建物の一階であった。ヘッセはこの部屋のことは少しも苦にしなかったらしい。朝早くから夕方遅くまで書店にいて全く疲れ果てた彼が、帰宅して要求したものは孤独と自由と読書と自分の仕事だけだったからである。昼の時間は疲れはしたが、それがまた埃《ほこり》を払い落とし、精神的喜びを二倍にする、と彼はいっている。一方、書店員としてこの職業の持つ色々な条件や、また将来彼が詩人又は著述家として立つ場合に必要な諸条件を熱心に知ろうとした。そして書店員ほどに著者の好みや傾向を知る上に都合のよいものはない、といわれる。

ヘッセはまた、この地で昔の学校友達で大学に勉学している数人と再会したり、紹介された大学教授の家の集まりに招かれたりしているが、自由時間が非常に制限されていたし、見習いという立場からも、必ずしも無心に交際はできなかったらしく、その点からも次第に自分の部屋に閉じこもって、夜の時間を少しでも有効に読書に費やそうとした。良い書物や雑誌に読みふけらなかった時間はすべて浪費したもののように思われたほどだった。

ヘッセは一一月に両親に宛てた手紙の中でこういっている。「ぼくはしばしば知識の源泉へ心惹かれ、……好んで大学の講堂の中へ足を踏み入れはしますが、全体としては大学の研究はぼくには完全に理想的なものとは思われません。……各人は銘々、学び成長するように、自由になり、真実な高貴なものへの眼を保持するように努めねばなりません。」ヘッセは彼の生活の、自由思想的な、信仰のない時期を克服したと思い、たとえキリスト教的神の信仰を信ずるとはいい得ないとしても、「なお永遠の純潔と力とへの信仰、心を小さくするとともに大きくもする、あの打ち消し得ぬ道徳的世界秩序への信仰によって心を励まされると感ずるのだった。」そしてこの信仰は彼の性向によって、「美学から出発した」ものだったのである。このことについては更に後に説明しなくてはならない。

ところでこの時代、ヘッセは特にゲーテとニーチェとを研究したようである。これについてはヘッセの家の伝統でもあり、当時支配的でもあった敬虔主義的信仰に対してゲーテがしかめっつらをしたこと、かといって合理主義者にも好意を持たなかったことなどが指摘される。またゲーテにはいっさいを高貴な魅力あるものに向けようとし、いつでも、どんな所でも、瞬間の言葉の背後にも、ある意味のあるもの、一種の見とおし、全体を見ているある意志があると解して、それに惹かれていたと思われるが、しかしなお多くのことが当時のヘッセには理解できなかったであろう。ゲーテの晩年に再びあらわれた浪漫的な傾向から、殊に『ヴィルヘルム・マイスター』を通じて、ヘッセ

処女詩集と短篇集

は一時期ティーク、ノヴァーリス、ブレンターノ、アイヒェンドルフ、E＝T＝A＝ホフマン、シュライヤーマッヒァー、シュレーゲル等浪漫派の詩人に没頭する。殊にノヴァーリスに魅せられ、大きな影響を受けた。

こうした勉強と努力のうちから一八九九年、ヘッセは二つの作品を公表することができた。一つはドレスデンの書店から自費出版で出した『浪漫的歌曲集』で、もう一つはライプチヒの書店から短篇集『真夜中すぎの一時間』を出した。

憧憬と郷愁と一種ものうい悲哀と憂鬱とが支配する『歌曲集』は青年の感傷を甘く歌い上げているが、しかしここに示された抒情的な響きの美しさには、矢張りヘッセの詩の生涯にわたる基調が示されている。中でも言葉の持つメロディーとリズムとは非常に優れた芸術的能力を示すものがあった。

一八九七年から一八九九年にわたる間に書き上げた習作をまとめた『真夜中すぎの一時間』は六百部刷られたが出版された年には五三冊しか出なかった。しかし二人の人に認められたことはヘッセにとって重要なことだった。一人は文芸院院長にもなった詩人ヴィルヘルム＝フォン＝ショルツであり、もう一人はほかならぬライナー＝マリア＝リルケであった。「その最も優れた箇所ではこの書は必然的で独特である。その畏敬は真実で深い。その愛は大きく、その中のすべての感情は敬虔である。これは真の芸術に近い。」

書物の表題についてヘッセは、それで彼の詩的創作の日時を過ごすその夢の国を、日常の時間と空間を越えた何処か神秘な所にあるものとして示そうと思ったのである。

浪漫的耽溺からの脱出

しかしこの二冊の書物を出すことによって、ヘッセはその浪漫的耽溺から脱出する道を見出したのだった。ゲーテの「タッソー」の運命が彼の眼を開く機縁の一つとなったかも知れない。「タッソー」は社会的因襲やエチケットよりも心情と熱情とを愛する詩人で、その軋轢《あつれき》の中に精神の平衡を失うのである。ヘッセはそこに心を惹かれながらも、現実と社会的調和とを失う危険に気がついたのである。後にバーゼルへ移ったヘッセが造型芸術への関心を示したことは、タッソー研究ともかかわりがあったに違いない。ゲーテの健康な精神を知ったことは、ヘッセの当時の生活に大きな刺激と衝動とを与えたことだろう。

「すべてのドイツの詩人達の中で、ゲーテこそ私が最も多く感謝し、私の心を最も多く占め、私を苦しめ、励まし、私を強いて、師事または反抗せしめた詩人である。……詩人ゲーテは一層同感でき、より多くの楽しみをもたらしたが、文学者ゲーテは非常に重大に受けとるべきで、回避してはならないのだった。そのことを私は二〇歳の青年の時にすでに感じていた。なぜなら彼は一人のドイツ人の生活の基礎を精神の上におこうとする最も大規模な、恐らくは最も成功した試みだったからである。彼は更に、世間人を急進的改革者に、アントニオをタッソーに、無責任な音楽的ディオニゾス的夢想を責任と道徳的義務との信念に宥和させようとする、即ちドイツの天才性と理性とのある綜合への、全く一回きりの試みである。」と、一九三二年、ヘッセはロマン＝ロランの求めにこたえて発表した『ゲーテへの感謝』の中で述べている。

勿論この当時のヘッセにとって、まだ多くの事が充分に理解されていなかった。フリードリヒ二世の強力な国家的統一のもとにドイツ文学全体が「権力によって庇護された内面性」に向かってその心的不満の吐け口を求めていた時代に、ヘッセもまたメーテルリンクの影響を受けてこの夢幻の世界を築き上げたのである。そして、彼の敬虔主義的キリスト教に対する不満が、善と美に橋渡しする芸術的世界を作り上げたのである。これを脱却するには第一次世界大戦の深刻な体験を必要とした。またこの時代ヘッセはゲーテとならんでニーチェにも深い影響を受けた。アポロとディオニゾスの対立と綜合をギリシア人の中に見たニーチェの言葉は、ゲーテと共に大きな力を持ったのである。しかしその真の理解には矢張り世界大戦の苦悩を経なければならなかった。

II　甘美な青春作家

作家としての出発と成功

バーゼルにて

ヘッセはもう一度バーゼルへ行こうと願って、その地に書店助手の地位を探そうとしてあらゆる努力を払って、ライヒ書店にその地位を見出した。ヘッケンハウアー書店の支配人はヘッセが「常に勤勉で、誠実で、信頼でき」、「豊富な知識」を獲得していて、「謙遜で、正直な性格はその行手を非常に坦々としたものにする」と最大級の証明書を書いている。ヘッセは友人達とシュヴェビッシェ-アルプの麓《ふもと》のキルヒハイムで楽しい休日を過ごしたあとカルプに一旦帰った。そして一八九九年秋、二二歳のヘッセはバーゼルに向かった。所持品の中に彼は当時出版されていた限りのニーチェの作品と額縁入りのベックリンの『死の島』の絵を入れて行った。当時彼はショーペンハウアーも読了して、ニーチェに夢中になっていた。バーゼルはその時のヘッセにとって、何よりもニーチェとヤーコプ＝ブルクハルトとベックリンの町だったのである。ニーチェも敬虔主義の家庭に育った。二五歳の時この地の大学でホーマーとピンダロスを講義した。『悲劇の誕生』を書いたのもここだった。ヘッセがニーチェについでブルクハルトの著作に親しんだことは重要なことだった。歴史の中に常に「繰り返すもの、恒常なるもの、典型的なるもの」を見んとする人がどんなにヘッセを惹きつけたか、彼はその記念を晩年の大作『ガラス玉遊戯』の中に、パーテル゠ヤコブスの姿にきざんでいる。しかも、バーゼルは一方で既にヘッセが幼年時代をここで過ごし、その家の裏の広い野原は幼い彼が自然に親しみ遊んだ場所だった。ヘッセの両親はこの地に多くの知人を持っていて、ルードルフ゠ヴァッカーナーゲル教授やラ゠ロッシュ家と親しくしていた。ラ゠ロッシュ家にはエリーザベト嬢がいた。ヘッセの詩の中で彼女に捧げられた幾篇かの詩は最も美しい詩の中に属する。

ライヒ書店での仕事は、前の書店と同じように、古本屋の書物机と勘定台とのうしろで、新聞を発送したり、在庫本やカードの整理をしたり、経理に携わったり、テュービンゲン時代と余り変わりはなかったが、それでも八〇マルクだった給料がここでは一五〇マルクから二百マルクになり、それに詩集と処女作の出版とで文壇に名を知られて、新聞や雑誌に書く機会もあって、その方の副収入もあった。一八九九年というと明治三二年であるが、その当時のドイツで六人家族の労働者で家長のほかに子供に働き手があって年収二五、四九〇マルクという記録がある。また年二万マルク以下の収入のものは疾病保険に入らねばならぬという規程があった所を見ると、ヘッセの収入は決して多くはない。しかし一人での生活には左程不自由はなかっただろう。それに副収入があれば、当然たびたび旅行することもできた（注、この当時二マルクが約一円になる。従って一五〇マルクといえば七五円、当時の日本では大変な高給であるが、ドイツの事情は上述の通りであった）。まずスイスへ行き、一九〇一年にはそのために貯金をしてイタリアへ行くこともできた。

夜の時間をヘッセは詩作と読書にあてたが、この頃はまた美術史を多く読んでいる。

「善」と「美」の懸け橋

一九〇一年には『ヘルマン＝ラウシャー遺稿詩文集』がライヒ書店から出版された。これはごく少数しか印刷されず、友人知己の間に分けられたのだが、一九〇七年に『ルールー』と『眠られぬ夜々』とを加えて「ライン地方の芸術家愛好クラブ」の会員のために再刊され、翌年には六千部が刊行された。

『ヘルマン＝ラウシャー遺稿詩文集』は自殺したラウシャーの遺稿集をヘッセが編纂した形になっているが、勿論ヘッセ自身の作品集である。それをヘッセ篇として出したのには、この作品を書き上げた自分とこの作品、特に『眠られぬ夜々』や『日記』の中に盛られた魔神的《デモーニッシュ》な、無意識的な衝迫の嵐を客観的に眺めて、それを克服しようとする意志を示そうという意図があったのである。

それにしてもこの最初に収められた『私の幼年時代』(一八九六年)はテューービンゲン時代、一九歳の作品であるが、誠に美しく、やわらかく、抒情的な深いリズムに充ちて、幼年時代に寄せる切なる思慕が色彩と感覚にあふれ、誠に深く読者の胸に訴えずにはおかない。『ルールー』はテュービンゲンを去るにあたって、友人たちとシュヴェビッシェ−アルプの麓《ふもと》の宿で過ごした時の思い出を童話風な寓話にしたものである。この童話は大変美しく、また当時のヘッセの美学観を見ることができる。即ち、善と美とを分かつ深い裂け目があるが、善も美も真理という原則の娘であって、従って深い奥底では一つのものである。それに橋渡しすることが芸術の任務である、と見ている。このことはヘッセが内心の、悪とされる欲求に苦しみながら、その悪を凝視する勇気を持たず、解決の道に達していなかったことを示すもので、その解決には第一次大戦の苦悩を必要としたことは既に度々述べたことである。またここには意識と無意識、ディオニゾスとアポロの対立など多くの問題が含まれているが、この作によってヘッセはようやく『真夜中すぎの一時間』を越えて、作家としての道を歩み出したといってよいだろう。

兵役免除と母の死

話が前にもどるが、一九〇〇年六月にヘッセは兵役のための検査を受けた。ヘッセはゲッピンゲンのバウアー校長の学校へ行くために、バーゼルの国籍からシュヴァーベンに国籍を移していたので、ドイツで検査を受けた。しかし非常な近視のために兵役を免除されて、国民兵役にまわされた。当時のドイツはプロシアのドイツ統一のもとに帝国主義的富国強兵策に前進しようとしていた時代だったが、少なくともヘッセには兵役についたり、武器を持って練習するという気持ちは全くなかったので、この決定は彼の気持ちをらくにするものがあった。それはともかく、一九〇二年六月の医師の診断によると、両眼の上斜筋のけいれんがあり、左眼が薄弱ということで、目の弱さから苦痛を感じて、そのため生涯苦しまねばならなかった上、更にしばしば強い神経痛や頭痛に悩まねばならなかった。

文学上の仕事のための自由な時間をもっと得たいと思ったヘッセはライヒ書店をやめて、暫く故郷に帰っていたが、一九〇一年九月バーゼルのプルーク小路、ヴァッテンヴィル氏の古本屋に勤めた。ここの主人は商人というよりむしろ趣味人で、その商売も甚だ古風で無器用だったが、そんなことには彼は平気だった。しかも上席のユリウス＝パウルは古本業によく通じていながら、ヘッセの知り得た人のうちでも最も純粋な、最も気だてのよい、最も真実な、最も愛すべき人のひとりだった。このパウルの姿は後に『シッダルタ』の渡し守ヴァスデーヴァにとどめられることになった。一九〇三年にカール＝ブッセの編集になる『新ドイツ抒情詩』の第三巻として、グローテ書店からヘッセの詩集が出た。「旅」、「愛の書」、「迷路」、「美によせる」、「南」、「平和に」、と分類されて約二百の詩が集められた。この詩集は母に捧げられたが、その前の年一九〇二年四月二四日に母マリーは死んでいたのである。

ヘッセは絶えず非常な苦痛におしひしがれていた母の死の前に、その危篤を知らされていたが、その場にいることに耐えられずに、ついに死に目に会わなかった。葬儀にも参列しなかった。一九〇二年四月三〇日の家族宛の手紙の中で、「葬儀に参列しなかったのは残念だが、その方が自分にとっても、家族にとってもよかった。私は母の死の知らせを受けて以来、余りに茫然と疲れ切って、にぶい苦痛以外に感じませんでした。その上、母の最期の時には、救済への願いを強く抱いていたので、あらゆる悲しみの中にも清らかに穏やかに天国へ帰られたことを喜ぶことができたほどです。それ以来私はいつも母を失ってはいないという感情を持っていて、母の精神がここにいられることを暖かく、慰め多く感じています。」

その詩集の巻頭に母に捧げる詩が置かれている。

愛する母上

私は母上に申し上げたいことが沢山あった。
私は余りに長く異郷にいた。
しかも母上はいつの日も
一番よく私を理解して下さった。

私が母上に差し上げようと長い間思っていた
私の最初の贈り物を
子供の臆病な両手に持っているいま、
母上はもう眼を閉じていられた。

しかし私はこれを読む時に、
不思議に悲しみが忘れられる。
母上のいいようもなくやさしい魂が
千の糸で私と結んでいるのだから。

『ペーター＝カーメンチント』

『詩集』と『ヘルマン＝ラウシャー』と相つぐ出版によって、ヘッセは次第に作家として知られるようになった。この時、ヘッセとは個人的に親しくはなかったが、小説家パウル＝イルクがベルリンの有名なフィッシャー書店にこの新進の詩人に注意させた。フィッシャーは『ラウシャー』を読んで、何か今後の作品を見せて欲しい、とヘッセに申し送って来た。ヘッセにとってそれは最初の文学界の公認だった。丁度一九〇一年に書き始めていた『ペーター＝カーメンチント』を二年かけて完成すると、それをフィッシャーに送った。それはすぐに採用され、一九〇三年に出版された。そして一躍全ドイツに有名になった。「これまで私に絶望していた親族や友人達も今は親しげに私にほおえみかけた。私は勝ったのだ」とヘッセは書いている。

ヘッセはこの成功を機会に、待たせていたバーゼルの古い数学者の家系のマリーア＝ベルヌリと結婚して、九月にはボーデン湖畔ガイエンホーフェンの新居に移るためにバーゼルを立去った。こうして新しくガイエンホーフェン時代が始まるのだが、ここでその出世作『ペーター＝カーメンチント』とその時代的背景を観察しておこう。

当時のドイツは、一九〇〇年一月にヴィルヘルム二世の海軍拡張案が議会を通過して、一路第一次世界大戦への軍国主義の道を進んでいた。そしてこの帝国主義的統一のもとに国運隆盛の「平和と暢気《のんき》とのあの雰囲気」に包まれていた。浪漫主義文学のあとに起こった現実主義文学、続いてハウプトマンの『日の出前』や『織匠』などに見られる社会改革的文学も国家統一の隆盛時代に逼塞《ひっそく》してトーマス＝マンのいう「権力によって庇護された内面性」に向かって行く。こうしてゾラとイプセンにかわって、メーテルリンクが登場してくる。『真夜中すぎの一時間』が生まれたのはメーテルリンクの影響だった。しかしこうした夢幻の世界から現実と客観に目覚めようとヘッセは努力した。そして富国強兵の統一的隆盛の中で充たされ得ない青年の不満と憧憬とは、幼時のヘッセが家の裏の広い野原の自然の中に喜びと慰めとを見出したように、「世間と人間とは彼（ペーター＝カーメンチント）にとって余りに倦怠《けんたい》に充ちており、余りに自己満足であり、余りにすべすべした、余りに規格の統一したものであります。彼は世間や人間よりももっと自由に、もっと激しく、もっと美しく、もっと高貴に生きたいのです。……彼は抒情詩人であるので、その充たされない、また充たし得べくもない要求に於いて自然に向かいます。彼は自然を芸術家の情熱と敬虔とをもって愛します。彼は風景や雰囲気や季節に没頭して、自然の所に時折一種の避難所を、崇拝と敬虔との場所、心を高める場所を見出します」とヘッセは一九五一年にこの作を研究テーマとして与えられたフランスの大学生達への問いに答えている。

この時代はまた産業革命による都市の発達によって荒廃する自然を守ろうとする運動の起こった時代で、丁度ワンダーフォーゲルの運動もこの時代に生まれた。しかしペーター即ちヘッセはこうした団体には所属しない。

「夢の国の孤独な王」

「彼は人と一緒に行ったり、自分を適応させようとはしないで、彼自身の魂の中に自然と世界を映し、新たな形象に於いて体験しようとするのです。彼は集団の生活のために作られてはいません。彼は彼自身の作り出した夢の国の孤独な王です。

ここに私達は、私の全作品を貫く赤い糸の発端を見出したと思います。しかも私はカーメンチントの変人らしい隠遁者的姿勢にとどまってはいませんでした。私は自分の発展の過程に於いて時代の諸問題を避けはしませんでした。そして私の政治的批評家がいうようには決して象牙の塔の中に生活してはいませんでした。――しかし私の第一の、そして最も火急な問題は決して国家や社会や教会ではなくて、個人、人格、一回きりの、規定されない個性でした。この立場からしてカーメンチントは、彼が非常に不充分であるとしても、私の全生活の観察と分析のまさに基礎をなすものであります。」

以上ヘッセはこの作品の重要な問題について、余す所のない説明を行っている。しかしこの都会文明に対する自然礼讃であり、それ故に全ドイツに大きな反響を引き起こしはしたけれども、それは結局「一種の避難所」としての意味を持つにとどまり、この作品のペーターの精神的発展の乏しさは指摘されねばならないだろう。そしてそこにヘッセの当時の思想の限界とヘッセの本質的な個人的な態度があるのである。ペーターは自然物のいっさいが神の言葉を語り、それらの自然物と自分とが神の前には同等なことを感じていた。それならば同じくすべてのものが神の前には同等であり、善悪美醜すべてが一に帰する筈である。しかし彼が嫌った虚偽も都会も等しく神の前に立つことを彼は欲しなかった。善美なる世界にのみ神を見ようとし、それによって救われようとしたのである。

しかし以上のことはこの作のもつ美しさを傷つけるものではない。青春が感情的であって、思想的なまとまりと力とを持たなくとも、青春の美しさ、その生命の健康さは否定できない。むしろ青春は、その青春としてのありようの故に、その特殊な美しさと価値とを持つのである。愛、キリスト教、諦念、それらが自然の美しい背景の上に語られる。この作品はドイツ語圏全体に広くヘッセの名を広げたのだった。

幸福な日々

幸福な結婚生活

『ペーター＝カーメンチント』の成功で、ボーデン湖畔ガイエンホーフェンに新婚の家を持つことができたヘッセとマリーア＝ベルヌリとは、静かな、簡素な、自然の中の生活を楽しもうと思った。マリーアはヘッセよりも九歳年上で、「体格でも、気質でも、音楽に対する熱情的な愛情という点でも、ヘッセの母を思い出させる」ものがあったという。

当時のガイエンホーフェンは誠に不便な所で、鉄道からも遠く離れ、不断に使えるのは駅逓《えきてい》馬車だけだったが、それが鉄道駅に達するには数時間かかるのだった。たまに蒸気船が通《かよ》って来たが、嵐や氷に閉ざされると欠航するのだった。その代わり騒音もなく、空気の綺麗な、森と湖に囲まれ、二階のヘッセの部屋から礼拝堂ごしに湖の一部が見えた。この家には庭がついていなくて、小さな果樹の二、三本植わった狭い草原があったが、ヘッセは家の回りの土を起こし、花壇を作って、あかすぐりや二、三の草花を植えた。ヘッセ夫妻は自分達が選んだこの場所に安住の地を見出し、故郷のようなあるものを創造し、獲得できるという美しい夢を抱いた。その部屋部屋の釘は一本一本ヘッセが自分で打ちこんだ。それも新しく買った釘ではなくて、引っ越しの時に使った箱の釘を、

ガイエンホーフェンの家

家の石の閾《しきい》の上で真直ぐにたたき直したものだった。古い空屋の農家だったので、諸所手入れをしたり、家の設備のために、ヘッセは「青春の情熱」を注いだのである。ヘッセがもともと自然が好きだったこともあるが、当時はルソーの「自然に帰れ」の声をうけて、ラスキン、モリス、トルストイやスイスの作家イェレミアス＝ゴットヘルフの思想の影響もあり、都会を逃れて田園で生活しようとする運動が盛んで、『ペーター＝カーメンチント』の成功もそれに負う所も大きかったと思われる。ヘッセはテュービンゲン以来の親友の作家ルートヴィッヒ＝フィンクを呼びよせた。フィンクはヘッセの隣家に住んで、二人はホーマーやオシアンの生活をしようと試みた。二人は帆船を持っていて、自然の中に没頭し、チョウの採集に夢中になったりする。

一九〇五年には長男のブルーノーが生まれた。

一九〇七年には同じガイエンホーフェンのエルレンローに家を新築した。家も手狭になったし、病気がちのマリーアのために浴室用の湯沸器も欲しくなったし、すこしはゆとりのあるくつろいだ生活も望ましくなった。子供部屋、女中部屋、客間、更に水道、地下のぶどう酒や果実の貯蔵室、マリーアが写真を現像するための暗室もできた。見晴らしもよく、下の湖《ウンターーセー》の方へ自由な見通しができ、対岸にはスイスのライヒェナウ、コンスタンツ大寺院の塔、その背後に遙かにアルプスの山々が望まれた。

交友の範囲も広がった。小説家シュテファン＝ツヴァイクやフィンクのほかにヴィルヘルム＝シェーファー、エーミール＝シュトラウス、ヤーコプ＝シャッフナー、老クリスチアン＝ヴァーグナーも訪ねて来た。そのほかスイス第一の作曲家オトマール＝シェック、画家ではオットー＝ブリューメル、後にインド旅行を共にしたハンス＝シュツルツェンガー、クーノー＝アミエ、エルンスト＝モルゲンターラーなど、また後に有島武郎と親しくなった、その当時シャフハウゼンのホテル＝シュヴァーン（白鳥）の娘であったティルダ＝ヘック嬢などもいる。

一九〇九年には二男ハイナーが誕生している。

成功と平和の裡に

こうして見るとこの時代のヘッセは誠に幸福な生活を送っているように見える。エルレンローに家を新築するに当たって、「それで私達は話し合ったりしたのだが、子供達がここの田舎で大きくなるとしたら、自分の土地と地所で、自分の家で、自分の樹々の陰で、何事でもやって行くほうがすてきだし、工合がよかった。……市民らしい、家庭的な気持ち以外になかったろう。」しかし「結局の所私達は、最初の成功によって裕福な生活を幾年

ヘッセとマリーア

か続けたので、気持ちがゆるんでいたのである」とヘッセは後に書いている。

事実一九〇四年には農地賞が与えられて一千マルクの賞金が贈られ、シュヴァーベンのシラー協会はヘッセを通信会員とした。文学史家は新浪漫派の一人として彼を認め、イゾルデ＝クルツ、シュッセン、フィンクなどと共にシュヴァーベンの作家群の中に加えた。

『カーメンチント』に続いて『車輪の下』が出版され、大きな反響を呼んだ。恐らく我が国では最も多く読まれた作品だろう。更にこのあと『此の岸』と『隣人』、更に『ゲルトルート』と我が国でも多く読まれる作品が続き、ヘッセの文学的名声はすでに確立されていた。しかしヘッセはこうした内外の成功と平和の中で、実は精神的に悩んでいた。

夏に湖畔の生活に入ったヘッセは、もうその秋には『俗人の国で』の中で、「炉辺の快い生活が始まり、ボートの櫂《かい》を浜辺から家の中へ運びこむようになると、この快い安易な生活に対する憤りがともすればわき上がってくるのである。……私がもう孤独な放浪者でないことを思うと、我が身の心臓に痛みを覚えるのである。そしてもう一度広い世の中のあちこちに久闊《きゅうかつ》を叙《じょ》し、野を越え川を越えておのが郷愁を負《お》うて行くためなら、このささやかな家と幸福と快さとを、喜んで古ぼけた帽子と旅《りょ》嚢《のう》とにとりかえるだろう」と述べている。
この頃の詩にはこうした苦痛と悩みとを歌ったものが多い。この頃の詩や文章を読むと、旅への憧れを歌いながらも、新しい生活の営みの中に諦念を願い、そして自分の内心の最も深い呼び声に従おうとする。「たとえ遠くに憧れても、その地に達して、最初の喜びと新鮮さがすぎれば、山に登って、昔の故郷の横たわる方角を求めるだろう」といっている。ヘッセは本質的にはアウトサイダーであって、市民生活に安んじ得る人ではない、とする見方もあるが、しかしヘッセが市民生活に安住しようとしたことも事実であって、内心の多くの衝迫を持ちながらも、諦念とユーモアとでそれを克服しようとつとめたのである。この時期に於ける多くの旅や講演旅行はヘッセの衝迫をなだめるに役立ったであろう。また鬱積した思いがこの時代の種々の作品にも投射されている。ここでこの時代の多産な作品を一応見てみよう。

郷愁と追憶の作品群

ヘッセはすでにボーデン湖畔の新居に移る前から『車輪の下』を書いていたが、一九〇五年に完成して大きな反響を呼んだことは先にもふれた。この頃は教育問題をとり上げた幾つかの作品が出版されて、多くの教育学者がこの問題をとり上げた。ヘッセは学校教育に非常に苦しみ、生涯にわたってこの問題を論じているが、当時のそうした空気が、『カーメンチント』の成功のあと詩人に学校とそれに苦しんだ少年時代を思い起こさせたのだろう。しかしこの作品は寧ろ学校の重圧の中で、楽しかった少年時代の追憶に読者の目を注がしめる。実際『此の岸』（一九〇七年）『隣人』（一九〇八年）『ベルトルト』（一九〇七～〇八年執筆）『ゲルトルート』（一九一〇年）『まわり道』（後に『隣人』と共に『小さな世界』にまとめられる）等の諸作品は、ヘッセの少青年時代の思い出からカルプの町の青年達、更には町の年老いた浮浪者達の生活、そして海外からの帰郷者の運命など、次第にその周辺に広がって行く。これらの作品は殆ど『ゲルバースアウ（皮なめし町）』という表題で二巻にまとめられた。この時代のヘッセの作品は緊密な構成と客観的な適確な描写と相まって、故郷の人物や風物を描いて、多くの人々に愛読された。その主人公の多くは弱い性格の持ち主であることとも注意される。詩人は自分の幼少年期を主題とする作品から、次第にその周辺に眼を広げて行き、家庭的な市民生活に安住し得ない自分の感情をそこに客観的に描写しながら、諦念とユーモアでそれを克服して行こうとする。その心をあらわしたのが音楽家を主人公とする『ゲルトルート』であろう。

しかしこうした内にこもった安定は、前にも書いたように、じつは当時のドイツ帝国が、即ちヴィルヘルム二世の帝国主義と近代機械文明とがその時代に大きなかかせをはめていたのである。その大きなかかせの中で、市民生活と芸術とは、いよいよ内にこもって、洗練され、磨き上げられて行った。第一次大戦を経験して、新しい覚醒に立ったばかりのヘッセが、この市民時代の作品を振り返って、すべて無害な無意味な作品といったのはその意味では分かるが、しかし後にヘッセ自身も認めたように、その時その時にヘッセは矢張り全力をあげて作品を完成したので、それはそれぞれの価値を持っているといえよう。そして一般市民としては、諦念とユーモアとが矢張り大きな人生の知恵であることも事実である。

「生命の声」の叫び

ヘッセ自身の夫婦生活はヘッセ自身が言っている程にいつも暗く、不満に充ちたものではなく、時にマリーアと二人で楽しい旅もしているし、旅先から妻へ宛てた手紙にも、「ここはよい所だから、いつか一緒に来たい」などとも書いている。ただヘッセの心の中にひそかに呼ぶ「生命の声」は、たとえその意味や目的をはっきりと知り得なくとも、またそれが、「ますます楽しい道から」詩人をそらせて、「暗い所、ふたしかな所へ連れて行こうとするにしても、なおかつこの声に従う」以外になかった。そのことはこの時代、一九一一年から一九一八年にわたる詩をひもどいて見ると、散文作品に見られぬ心の深みからの様々な声が聞きとれるのである。それは流れて行く水が淵をなして、暫くはそこにたゆたい止まっているかに見えるにしても、やがてはまたそこからあふれ流れ出て行かねばならないように、そこに落ち着き止まろうとする努力にもかかわらず、底流をなす渦は、いつか詩人を外へ押し流して行ったというべきであろう。即ちヘッセは、若い夫婦がいつまでもと思って始めたその生活から汲み尽くすべきものをすべて汲み尽くしてしまった。ヘッセは度々小旅行を試みたが、「外の世界はじつに広かった。」

そして一九一一年の夏、ヘッセはインド旅行に出かけた。

アジアへの旅　ヘッセの祖父グンデルトも父母も、共にインド伝道に携わり、ヘッセの生家にはインドの品物と空気とが存分にあったのだから、インド旅行というと、当然そこへ非常な期待を持って出かけたと考えたいのだが、じつはヘッセはインドには行かなかった。シンガポール、スマトラ、バレンバン、セイロンなど東南アジアを旅しただけである。ヘッセはただ旅に出たかったので、当時インド旅行が一種の流行になりつつあったときに、たまたま知人のスイス商人の招きに応じて、画家ハンス゠シュツルツェンガーと共に、ジェノヴァからドイツ汽船で地中海からスエズを通って、まずセイロンに向かい、それから海峡植民地のペナンを経て、シンガポールへ。今度はオランダの小さな沿岸航路で南スマトラへ行き、更に中国の車輪船に乗ってバレンバンへ行った。そして帰路再びセイロンへ寄っている。インド本土へ行かなかったのは、旅費の不足と不幸にも赤痢にかかって、すっかり疲弊したために旅程を切りつめるよりほかなかったのである。

旅の収穫　ヘッセはこの旅の記録を一七篇の短い紀行文と一四篇の詩、それと小説『ローベルト・アギオン』に残したほかに、一九一六年に『インドの思い出』の中でこの旅を振り返っている。

アジアの町々での雑踏とあふれる人々とその活気。原始の森林とその中の獣や鳥や昆虫。それらに深い印象を受けはしたが、しかし結局はヘッセにとっては異郷であった。そのことを、最後にインドに別れを告げるためにセイロン島の最高峰に登って広々とした熱帯の、「美しく魅惑的な」風景を見渡した時、「はじめて、どんなに私達の本質と北方文化とが、もっと粗野で、もっと貧しい国々に根ざしているかということが私にすっかり明らかにわかったのである。私達は感謝の念のこもった、おぼろな故郷の予感にかられて、憧れに充ちて南と東とへやってくる。そしてそこにあらゆる自然の賜物が充実し、豊富にみなぎっていることを、パラダイスを発見する。……私達はここでは異国人であって、市民権を持っていないのだ。私達はとっくにパラダイスを失ったのだ。そして私達が所有し、打ち建てようとするパラダイスは……私達の中に、私達自身の北国の未来の中にあるのだ。」

それにもかかわらず、ヘッセはアジアの人々に心を惹かれた。アジアの風景や自然は美しく印象的であったが、彼がアジアの人間に見出したものはそれらよりも一層美しかった。「南部インドの回教徒は誇らかに自意識を持ち、落ち着いて歩んで行く中国人は快活でしかも品位を保ち、体の小さくやせたセイロン人は少女みたいに臆病で、きれいなマレー人は如才なく、勤勉な日本人は背が小さく賢かった。彼らは皮膚の色や姿形は夫々に非常に違っていたけれども、みんなある共通なところを持っていた――彼らはみんなアジア人だった。私達がベルリン又はストックホルムから来ようと、チューリヒまたはパリまたはマンチェスターから来ようと、そんなことは関係なく、我々みんながまちがいようもなく、不思議なふうに同じ種族に属し、ヨーロッパ人であったのと同様であった。」

しかもヨーロッパ人が共通なものを持ち、アジア人はアジア人として共通なものを持ちながら「そういうものを越えて共通の所属性と共同性、即ち人類が存在するということ、そのことを私は時おりあらゆる感覚を通じてじつに新鮮に経験し得たのであるが、この経験こそ一層美しく、私にとって限りなく重要なことであった。そんなことは誰でも知っている。しかし本でそれを読むのでなく、全く他郷の民族と共に、目と目でそれを体験するということは、何といっても無限に新しく貴重なことである。」

それはヘッセにとって、この東南アジア旅行で得た最も大きな、貴重な体験であった。この旅行の印象には、ヘッセにとって本当に「エキゾチック」なものというのは全く少なくて、大部分の印象は純粋に人間的な種類のもので、ヘッセにとって重要であり好ましかったものは、その異国の衣裳によってではなく、ヘッセ自身の人間性とアジアの人々の親近性によるものであった。それはヘッセの曇りない深い人間愛を語るものだった。

ヘッセはまた東洋人の宗教に深い関心と憧れとを寄せている。ヒンズー教徒、イスラム教徒、仏教徒、それらの宗教的礼拝と行事は美しく重要だという。献身的な真実の敬虔な宗教的感情、それがヨーロッパには欠けている、とヘッセには見えるだけに、それを東洋に見出したことがヘッセの心をうったのである。後のヘッセの仏教や儒教への深い関心と理解への努力の芽がここに本当に芽生えたといってよいだろう。

第一次大戦の勃発

不吉な前兆

東洋への旅は世界の同胞へのヘッセの眼を開き、人類の統一と近縁への自覚を深めた。しかしそのことはガイエンホーフェンの生活の悩みを解決することには少しもならなかった。旅から帰った時、彼はこの生活に終止符を打つべきことをはっきりと自覚した。マリーア夫人も町の近くに住んで、友人に会ったり、音楽を聞いたりしたがった。長男ブルーノーは学校へ入る年になっていた。家を売って町に出ようということになって、一九一二年、事が熟して、家の買い手も見つかった。

ヘッセ夫妻は中世的面影の残っているベルンに行きたいと思った。ヘッセ夫妻はベルンに移りたいと思って家を探したが、たまたまベルンの郊外に詩人の友人で、幻想的なベックリンの流れを汲む画家であるヴェルティの住んでいる田舎屋敷がひどく気に入った。それに似た家を探しているうちに、ヴェルティとその夫人とが相ついで亡くなった。その葬いに行ったヘッセはこの家をゆずり受けるのが一番都合のよいことと感じたが、しかし夫婦相つぐ死の直後のその家を受けつぐことは流石にためらわれた。しかしまたその家は余りにもヘッセの望みに近かった。結局その家を引きついだことはヘッセ夫妻の新しい生活に「ある前兆のような」影を落としたのである。マリーア夫人は、万事気に入っていたこの家に、それでも時々不安を覚え、急死や幽霊に対する恐怖のようなものまで感じていた。

この家でヘッセは『ロスハルデ』という画家の生活を書いた。夫婦の間はすでに断絶していたが、幼い二男のピエールだけが夫婦のきずなをつないでいた。二男ピエールが病んでついに死んだとき、画家は今は芸術だけが彼の生命であることを自覚するのである。この作品は一九一四年に公刊されたが、それは戦争と共に崩壊したヘッセの家庭を予告するような作品であった。

「徐々に重圧が加わって来た。それはこれまでの私の生活を変え、一部は駄目にしてしまった。移ってまる二年たたないうちに世界大戦が勃発した。私にとっては、自由と独立の破壊がやって来た。戦争によって巨大な道徳的危機が生じ、そのために私は自分の全思考と仕事全体とを新たに基礎づけることを余儀なくされたのである。」

「自由と独立の破壊」

一九一四年八月初め第一次大戦が勃発すると、ドイツ国籍を持つヘッセはベルンのドイツ公使館に自ら進んで祖国のために奉仕したいと申し出た。しかしヘッセはもともと兵役に服して銃をとる気はなかった。何らかの形で銃後の平和的な仕事で祖国に奉仕したいと願っていたので、もしドイツに兵役のために召集されても、それには応じない積もりであったらしい。翌一九一五年八月末には実際に兵士として召集された。しかしスイスに居住し、スイスの有力な人々と関係が深かったヘッセは、すでにその年の初めにスイスの有名な動物学者ヴォルテレクの訪問を受けて、ドイツ人捕虜保護機関の仕事に協力を求められ、更に捕虜慰問文庫の仕事を引き受けていたので、兵役の方は賜暇《しか》を与えられた。この仕事は一九一五年九月から一九一九年の終わりまで続いた。

ヘッセは無償のこの仕事のために全力を注いだ。友人知己をはじめ図書館長や出版社などにあてて、おびただしい手紙を書いて書物を乞い求めた。数千の書物の包みが集められ、荷造りされて、ドイツ人捕虜のために発送された。しかし寄贈された書物ではとても足りなかったし、捕虜の人達に送るには不適当なものも多かったので、ヘッセはベルンのドイツ人捕虜保護機関で発行する「抑留ドイツ人新聞」の編輯《へんしゅう》にも携わったばかりでなく、一九一八年と一九一九年には、自らの手で二二冊に及ぶドイツ人捕虜文庫を出版した。そのためには金銭的な援助をも、友人、知己、出版社等に求めねばならなかった。

一九一六年は、ヘッセにとって特に個人的不幸の重なった年だった。

三月には父の死の知らせを受けて、南ドイツへ旅立った。自分と同じように「ひとりぼっちでだれからも理解されていない父」の死はひどい打撃だった。

父の死に続いて、末子の三男マルティンが重い病気にかかった。子供達のことで夫婦の間に意見の衝突も起こった。妻マリーアに最初の精神病の徴候があらわれた。こうした不幸の中でヘッセ自身極度の疲労に陥った。

精神分析との出会い

ついに妻が精神療法のため入院する前後から「仕事のために、またそれ以上に戦争のみじめさから病気になった」ヘッセも、医者から厳しく申し渡されて、ベルンの仕事を中止して療養をしなくてはならなかった。ルガノとブルンネンで療養したが、効果がなかったので、最後にルツェルン郊外のゾンマットで、ヨーゼフ＝ベルンハルト＝ラング博士のもとで精神分析の治療をうけることになった。

ラング博士は当時まだ三五歳の新進学徒で有名なユング博士の弟子だった。その専門は強迫性神経病だったが、元来がカソリック教徒として、個人は外的生活のあらゆる出来事に対して自分自身の中に罪とその解明の根拠をもっていると確信していた。そして個人的偏見の全くない献身的な医師だった。ヘッセはすぐに彼と親交を結ぶことになって、ヘッセが新教の牧師の子として幼い時から抑圧していたものを解放することができた。一九一六年五月に一二回の精神分析的診察をうけ、六月初めにはサナトリウムを去り、それから翌一七年一一月までに六〇回ほどの診察を受けた。その対話の結果は早速『童話集』や、殊に後の『デーミアン』の中に実り豊かな実を結んだのだった。

『おお友よ…』

一九一四年八月一日総動員令を発して以来、当初破竹の進撃を続けたドイツ軍は三ヶ月後には西部戦線が膠着《こうちゃく》状態に入り、一二月には一旦ボルドーに政府を移転したフランス政府も再びパリにもどって来た。明けて一九一五年にはドイツは食料品の統制を始め、五月にはイタリアがドイツ・オーストリアと結んでいた三国同盟から脱退し、ドイツはしだいに焦慮の色を見せ始めた。一九一六年には最初の政治的罷業がベルリンに勃発した。一二月になるとドイツはついに連合国側に休戦の申し入れをして拒否されている。翌一七年には大戦継続の可否の論議が起こったが、三月から七月にかけてのドイツ軍の最終的攻撃がことごとく失敗するに及んで、七月には進歩人民党によって平和回復決議が提出されるに至った。国内不安が次第につのり、一九一八年一月には各種の罷業が続発、大臣の中にも戦勝不可能を宣言するものが出て、ついに一一月一一日に至って、平和の鐘がなり響いたのである。

この間ヘッセは平和を求め、政治を批判する文章を幾つも相ついで発表している。最も有名なのは大戦勃発後三ヶ月たった一九一四年一一月に、「新チューリヒ新聞」に発表した『おお友よ、この調子にあらず、より美しい音調を』という、ベートーヴェンの第九シンフォニーのバリトンの調べ（詩はフリードリヒ＝シラー作『歓喜の歌』）を表題にした文章だった。その中でヘッセは思慮深く、冷静に、各国の優れた文化は戦争前と同様に尊重されなくてはならない。武器をとって第一線で戦っている戦士たちが一時の憎悪や怒りにかられるのは仕方ないとしても、故国を愛し、その未来を案じている戦場外の者、中でも文化の仕事に携わっている芸術家や学者は、僅かの平和でもこれを維持し、出来るだけ早く平和を将来するように努力すべきことを説いたのだった。

この文章に対して翌一九一五年二月二六日づけでフランスのロマン＝ロランから思いがけない友情に充ちた手紙が来た。発信所はジュネーヴの「陸軍省捕虜収容所」だった。ロランもヘッセと同じように捕虜のために手紙の代筆などの仕事をしていた。ロランは、この非常時、すべての人々が戦争に熱狂している時に、ゲーテ的態度を保持したただ一人の人とヘッセを賞讃している。事実、トーマス＝マンも、当時ドイツ文学界の第一人者であったハウプトマンも、ドイツの戦争を、ドイツ文化の物質文明からの解放の戦いと称していたのである。ロランは一五年八月にヘッセをベルンに訪問し、二人はロランの死に至るまで、ヘッセはドイツ語で書き、ロランはフランス語で書いて、変わらぬ友情の交信をしたのだった。

「宿なしの兵役忌避者」

一九一五年九月にヘッセは捕虜収容所の仕事その他の用務でドイツに旅行した。その時のドイツ人の生活態度を、戦争の緊張した空気を背後に持ちながら、静かに、落ち着いて生活しているそのようすを、冷静に、客観的に、好意と同情をもって観察して、スイスにもどると平和のありがたさを切実に感じた。その印象を『再びドイツに』という文章にして、一〇月一〇日に「新チューリヒ新聞」に発表した。これに対して一〇月二

ヘッセ（左）とテオドール＝ホイス

五日づけの「ケルン新聞」がヘッセの文章の中の一部をとり上げて、「宿なしの兵役忌避者」と罵《ののし》った。この「ケルン新聞」の記事は更に各新聞に取り上げられて、ヘッセを「裏切り者」、「節操のない男」と罵った。『おお友よ』の文章には直接反応しなかったドイツの二〇にも及ぶ新聞がこの機会に一気にその憎悪をふき出したのである。ヘッセにして見れば、ドイツ人捕虜のために、それまでの文筆生活のいっさいを投げ打って、日夜の激務に追われながら、冷静に、穏やかに、平和の貴重さを書いたこれらの文章に対するこの激烈な反応は思いもかけないものだった。「ずいぶんおずおずと言いあらわした積もり」のこの平和への「訴え」に対し、昔のヘッセの友人達は彼に対してこういった。「自分達は胸の中に蛇を飼っていたわけだ」と。未知の人々から侮辱の手紙が沢山来た。出版者達はこんな忌わしい志操を持っている著者は自分達にとっては存在しないも同然だ、といった。こういう時にヘッセを弁護したドイツの友人は二人だけだった。その一人は後に共和制ドイツの初代大統領になったテオドール＝ホイスだった。こういう時にロマン＝ロランの暖かい友情がどれ程ヘッセを慰めたか、想像に余りある。彼の友情がなかったら、とてもこの危機を乗り越せなかったろう、とヘッセは述懐している。

ヘッセはこうした非難と悪罵《あくば》の中で、ロランの平和への呼びかけの誘いに対しても「現在ではどんな好意的な呼びかけからも、まるで悪い魔法にかけられているように敵意あるものが生まれるからです」と沈黙を守った。そして、ひたすら、捕虜のために尽力して来たヘッセも、一九一七年七月、平和回復決議が議会に提出されるような情勢になって初めて、自分の呼びかけに多少でも耳を傾けてくれる人々のあることを期待したのだろう。

「国務大臣に」宛てて、無意味な戦争の中止のために努力するよう訴えた後、同じ一七年一二月に、『戦争がなお二年続いたら』という文章をエーミール＝ジンクレーアという仮名で発表している。欠乏に耐えて戦争をしている国民の一人が、たまたま知己を得た政府の高官に、「この欠乏、この法規、沢山の役所と役務、一体これは何のためにあるのですか」と尋ねると、その高官は「戦争のためですよ。戦争遂行のためですよ」と答える話である。私達はいわゆる大東亜戦争の最中にもしばしば同様な至上至高の言葉を聞いたものだ。

更に同じ一二月に『クリスマス』という文章で、ヘッセはイエスも、老子も、ヴェーダも、ゲーテもその教える所はその中に永遠なる人間性を含むという点では同じことである。愛、美、善の本質は、それはみんなの心の中にのみあるものだ、という。

『平和になるだろうか』

矢張り一二月の『平和になるだろうか』という文章では、人々が平和の実現のためにあらゆる努力を傾けるように呼びかける。スイスにいるヘッセには、ドイツ国内にいる人々よりも、ドイツが末期状態にすでに入っていることは一層確実に知ることができた。それだけにやがて来たるべき平和を目の前にしながら、徒らに戦場の犠牲になる人々を見るのは耐え難い思いだった。「この事態に直面して我々すべての果たすべき義務、即ち地上のあらゆる高潔な人々の唯一の神聖な義務は、無関心に武装することでも、事を成行きにまかせておくことでもなく、この事態を阻止するために、全力を尽くすことである。」

「では何をしたらよいのだ」とヘッセは設問する。自分達が政治家であり、統治者でない限りどんな力もないではないか、と疑問を提出して、そう考える事が「我々の怠慢であり、怯懦《きょうだ》である」といい、現実に「この世界に於いて戦争の継続を正気で願っている者はほんの僅かにすぎない。」それなのにみんなが怠惰で、臆病で、心のどこかで戦争を許容しているから戦争が行われているのだ。政府の閣僚も、軍隊も、我々傍観者達もそうなのだ。

「真剣に願えば戦争を終結させ得ることを我々はみな知っている。また真に必要だと感じていることであるなら、どんな実現でも、いや、最も勇気を要する実現ですら、あらゆる抵抗を排して成功させていることを我々は知っている。」

「ひとりびとりが平和に対して胸を開くなら、ひとりびとりが平和に役立ち、平和の思想、平和の予感の持ち主となり管理人になろうとする確固たる意志を抱くならば、またあらゆる高潔なる人達が、いま暫くの間でも、平和の意志がいかなる障碍《しょうがい》にも、いかなる絶縁層にも、いかなる妨害にも出会わないようにひたすら貢献しようと欲するなら、その時こそ平和は我々のものとなろう。」

それだけの勇気を持ち、それを実行しなければ、それは「戦争共犯者」である、とまでヘッセはいっている。

再度の警告

しかしいよいよ一一月に平和がおとずれたとき――『世界史』という文章でヘッセは述べている――ヘッセにとって一番不思議だったことは、だれひとりとして平和を祝わない、ということだった。(勿論一般庶民は心から平和を喜んだに違いないが、ヘッセがここで述べているのは表立った政治家や著名な人達のことである。)ある者は専制主義の崩壊を祝い、ある者は勝利を祝った。しかし無意味な滅多打ちが停止され、人殺しが中止されたことに感動する人がいないというのはどういうことか、とヘッセは聞かずにはいられないのである。

ヘッセにとって、昨日までは愛国的な言葉を吐いていたのに、今日は革命的な言葉を吐いている利口な人間ほど侮蔑に値する人はいなかった。記念碑の足下で自殺するドイツの皇帝忠誠派をヘッセは決して手本とは思わないが、しかしそういう人間はまだ愛し理解することができる。しかし利口な人間はヘッセにとっては我慢がならなかった。ヘッセにとって一番大切なのはやはり誠実であったのだ。そしてヘッセはいつも真実その深い人間愛に徹していたのである。

平和を迎えた喜びの中で、しかしヘッセは早くも敗戦のドイツ国民の運命を案じている。ドイツは再び昔の権力を望んではならないのだ。自分たちの過去の光輝と没落とを思い返して、その中から本来の自分のものを見出すべきだと語る（エッセイ『国家』）。そして我々には敗戦者としての役割と課題とがある。自己の運命を耐えること、単に耐えるだけでなく、それを全面的に受け入れ、それと一つになり、それを理解することである。最早かつてのあの権力者の道を、金と大砲を持ち、それに支配された強大な権力国家への道を歩んではならないのだ。たとえそれがためにまた昔のままの力を得て、世界の支配を達成できることがあっても、その道を歩んではならない。物欲しげにその道を見つめてもならない。

我々は我々の運命を愛し、誠実にその運命を受け入れるべきである。愛とは、悲しみの中にあってすべてに優越することであり、すべてを理解し、すべてに微笑し得ることである。自分自身に対する愛、自分自身の運命に対する愛、神秘的なものが、我々と共に欲し、計画しているものに心から同意すること——これこそ我々の目標である。そしてこの目標を自覚し、自分のものとする努力、それがまたこの大戦からヘッセ自身が最も深く学び認識したことだった。

しかしドイツが再び昔の権力の道を歩んだこと——それはドイツだけではなかったのだが——そして第二次大戦への道を歩み進まねばならなかったこと、ヘッセはそれを『荒野の狼』の中で警告しなくてはならなかったのだ。

新たなる覚醒

現実の「死」の前で

一九一九年の初めに、ようやく戦争捕虜の仕事が終わると、ヘッセは妻の精神病のために世話の行きとどかぬ子供達を人に託して、南スイスのモンタニョーラに引きこんだ。戦争を通じて自己の内面への道の確固たる自覚を持つに至ったヘッセは、いよいよ文学の道にその生活を賭けるのである。それはじつは戦争前にすでに用意されていた道だった。ヘッセにとっては、戦争は一層深く彼にこのことを自覚せしめ、ヘッセ自身にとって一つの覚醒となったのである。

ヘッセがこの第一次大戦時代に発表した作品は、彼が戦争捕虜のために献身的に働いたために、非常に制約されねばならなかったにもかかわらず、幾つかの非常に重要なものを含んでいる。それは彼がガイエンホーフェン時代を通じて、次第に心中に湧き上がってくる不安と焦慮の中から予感していたものが、戦争の悲惨な現実を凝視して行くうちに深い内省に沈んで、従来おぼろに予感していたものがはっきりとした形を示すに至るのである。その一つの表れが一九一七年に数ヶ月で書き上げられた小説『デーミアン』であり、ついで発表された『ツァラツストラの再来』である。

ヘッセはこの現実の、戦いの世界、努力の世界と、そういう個々の戦いや努力の世界にかかわりなく進行して行くいわば永遠の世界と、この二つをいつも胸に持っている。そしてそういう現実の個々の世界を永遠の世界に橋渡しするものとして、この戦争の時に、殊に死が全面に押し出されてくる。いや、戦争という現実の中で最も如実にあらわれて来た死という現実の前で、この死とどう対処するか、この姿勢は詩人自体としては既に出来ていたのだが、改めてその死を通して、永遠の世界を望むことになるのである。ヘッセにとっては、敵も味方もないのである。戦争という不幸な現実を前にして、惨めに死んで行く敵味方の兵士達、その兵士達の死に抱かれた魂の平和だけがいまは死人の望みなのだ。その不幸の中に死んだ兵士達はすべて永遠の母なる原母エーヴァに抱きとられる。そして永遠の母は死であると共に生誕であった。そこに残忍な現実からの救いがあった。未来への希望があったのだ。しかしこうした観念の世界に救いを求めても、現実の戦争に対する怒りと強い平和への希求がそのために弱められはしなかった。そして戦争の体験を身近に体験するにつれて、その責任を外に求めて非難するかわりに、自分の中に求めずにはいられなくなったのである。「全世界の狂気と野蛮とを非難する権利は人間にも神にもない。ましてそんな権利は自分になんぞない、ということを、よく悟った」のである。

いまはこの時代に書かれた種々のエッセイを通して、ヘッセがこの時代に到達した思想をまとめて論ずるときが来たと思う。それはまた戦時中数ヶ月のうちに書かれ、匿名で発表されて、若い人々の心を電撃的な反響に熱狂せしめた作品『デーミアン』の内容をも語ることになろう。

「いたる所に神が」

まず一九一五年に書かれた『八〇歳の詩人』という文章がある。クリスチアン＝ヴァーグナーという老詩人の誕生を祝って書いた文章であるが、その中に「あなたの最初の書物の中に、このインドの思想と霊魂の信仰、即ちあらゆる輪廻《りんね》を経てしかも不壊《ふえ》である魂の実体性に対する信仰が支配していることを知っております」とある。ヘッセが特にインド思想をとり上げているのは、もともと祖父グンデルトの書斎のインド的雰囲気に幼時から親しんでいたヘッセが、この時期一層多くインド思想に慰めを見出していることを示すもので、この時期にバガヴァート＝ギータの詩も生まれている。そしてこの老詩人を称える文章の中に、じつはヘッセ自身の本質的思想と態度とが非常によく示されているのである。

「あなたは動物に、石に、樹木に、芦の葉に、花に、蝶々に、あなたに近しい愛する魂を見つけるのです。あなたは野の香りをかぎ、小川のささやきを聞くたびに、諸々の挨拶と、遠い世の魂の出来事を感知するのです。空色の野の花、森の緑の苔、風に舞う秋の木の葉、……それはあなたにとっては実際にあなたの胸にこたえる響きであり、声であるのです。これはあなたをして前世を思わせ、遠い未来を思わせます。それらのものの運命はあなたの運命なのです。なぜなら、あなたはつながりのない『人間』として無縁の事物の間に生きているのではなく、苔として、木の葉として、木の葉や苔と生命を共にしているのですから。」

こういう言葉には、若いヘッセがアッシジの聖フランシスに傾倒して以来の変わりない姿勢がある。しかしそれをヘッセはもっと深く説明する。

「いたる所に神がいまし、創造が輝いたのです。そしてあなたが霊感に充たされたときには、あなたは幾度もあの『記憶の奥の記憶』、現世以前の、人間以前のもろもろの存在からくるあのほのかな呼び声を感得したのです。」

ここには一七世紀のオランダの哲学者スピノーザ以来の汎神論の展開が見られるが、ヘッセのいう「記憶の中の記憶」とは一体何であろうか。

神に向かう「たましい」

ヘッセが進化論者だといったら人々はびっくりするだろう。しかしヘッセは生物進化の過程を基本的には信じているのである。所謂《いわゆる》浪漫的で懐古的に見える作風から、ヘッセを非科学的と見るのは安易な感傷主義で、第一次大戦に於いて『おお友よ、この調子にあらず……』という文章から始まったあの『戦争と平和』の文集を読むと、ヘッセという人がどんなにものに捕らわれることのない眼力を持っていたかがよく知られるのである。捕らわれることなく素直に事物を見る眼こそは、科学的なものの見方の根本をなすものである。こういうヘッセの根本的な、或いは本質的な態度と精神とを頭にとどめて見ると、ヘッセに次のような文章があるのも当然であろう。

「魚や鳥や猿の段階から現代の武力動物としての人間にまで進化して来た長い道程に於いて、即ち我々が長い時の経過と共に、ついには真の人間、もしくは神になろうとして進んでいる長い道程」、そのような長い道程の過程として我々が現在の「たましい」を所有しているのである。

つまり、ヘッセのいう「たましい」とは、生命の中に内在する最も根元的な促し、ユングのいう原型に相当するもの、そしてまたスピノーザの神に通ずるものといってよい。しかもヘッセは、未開の人間の持つ「たましい」と、もっと高度な、洗練された、はるかに人格的な「たましい」とを区別している。即ちカントのいう「より高い認識能力」としての理性へ発展して行くものを「神になろうとして進んでいる長い道程」の上にある「たましい」と考えているのである。

一九一九年に『わがまま』という文章を書いている。徳とはある掟に従うことだ、といい、一般に承認される徳目というのは、他人によって、即ち一般的に定められた徳目に従うことであるが、「わがまま」こそは、自分自身の掟に従うもので、これこそヘッセが最も高く評価する徳目である。富国強兵策の中で自分自身の意見を通すことがどんなに困難であったか、自分自身の掟に従う「わがまま」とは「彼自身の中にあって彼に生きよと命じ、その生長を助けるあの神秘な力のみに従う」ことであって、「金銭や権力」を求めることではない。それは物質から進化の過程を経て人間を通して神に向かって進む「たましい」の発展の方向に向かって進むことである。「わがままの法則に従うことは、安易な慣習の中に生きている人達には乗り越えることも出来ないほどの困難なことである。しかし、わがままものにとっては、その法則は、運命を、神を意味しているのである。」

ヘッセにとって本当の詩を作ることは、この「たましい」の、また「わがままもの」の法則とし、運命とし、神とするものの声を歌うことなのである。だから単に美しい詩は本当の詩ではない、とヘッセはいう。「『美しい』詩は詩人を人気者にするが故に、ただ美しくだけなろうとし、詩の本源的な、劫初《ごうしょ》的な、神聖にして無垢《むく》な働きには一向頓着《とんじやく》しないような詩が沢山生み出されるようになるのである。こういう詩は最早たましいの夢でも叫びでもない。苦悩や歓喜の爆発でもなく、口ごもりつついう心の願いでも、望みの実現を期待する呪文でもなく、賢者の聖なる容貌でも狂者の渋面でもない。――それは単に公衆のために作られたボンボン菓子である。」

世界大戦と身辺の不幸との中で、厳しい苦悩に立ち向かっていたヘッセに、大戦前のすべての人々に愛された自己の作品が、無意味なものと思えたのはこの立場からである。従ってこの苦悩の時期を通り越して見ると、すべての夫々《それぞれ》に努力した戦前の作品も同様に好ましいものに見えてくる。なぜならどの作品も、夫々に真剣な作品であったことに変わりはないからである。

この時期のヘッセは、大戦の苦悩を通して、じつに明確な、根元的な生命観に到達して、そこからいっさいを、いっさいの価値をも裏返して、真剣に真の価値を求めようとしている。そしてここで初めて善悪の問題をも取り上げ得ることとなる。

善悪美醜を越えて

第一次世界大戦に、大規模な戦争の悲惨と残虐とを体験した人達の心には、平和への希求と共に、西欧文明への疑念もきざして来たのである。一九一八年に世に出て大きな反響を巻き起こしたシュペングラーの『西欧の没落』はその最も代表的な証左であった。ヘッセは一九一九年に『カラマゾフ兄弟―ヨーロッパの没落』という一文を書いている。ヨーロッパの青年、特にドイツの青年が、彼らの有する偉大な作家と感じているものが、ゲーテでもニーチェでもなく、じつにドストエフスキーであることを述べて、いまや古い、古いアジア的な神秘の理想がヨーロッパの思潮に変わりつつあるとして、そこにヨーロッパの没落を見ようとしている。

その古い、古いアジアの思想とは、「簡単にいえば、いっさいを理解し、いっさいを肯定せんがために、あらゆる固定した倫理や道徳から離れるということである。」更に「この『新しい理想』は全く無道徳的な考え方であり、感じ方であるように思われる。即ちそれは、神々しい必然的な運命的なものを、最も悪しきもの、最も醜いものの中にも感知し、そういうものにも、否そういうものにこそ、特に崇敬と礼拝を捧げ得る能力がある、と見るのである。」

それは「神であり、同時に悪魔でもある神を求める」ことであり、そして「同時に悪魔でもある神とは太古のデミウルク（造物主）である。」

人間社会の前段階としての動植物の世界、その基礎にある物質の世界、そしてそこを支配している物理化学的な世界、それらを貫いて、ヘッセの言葉を借りれば「たましい」へと発展して来た生命の動き、それらすべてを動かしているものは「必然的な運命的なもの」であるとすれば、そこには本来善も悪もないはずであり、いっさいがその過程に奉仕しているとすれば、その中で「最も悪しきもの、最も醜いもの」のもつ運命は、一つの犠牲として、見ることができよう。そしてこれらの「悪しきもの、醜いもの」はいつでも、美しいもの、善いものに変わり得るのである。本来必然の過程の中にあるものに、善悪美醜のあるはずはなく、善悪美醜の判断は人間社会の出来事である。従ってその判断は、これを判断する人の立場によって変わってくる。

「人間の作る形式、文化、文明、秩序というものはすべて何を許し、何を禁ずるかについての協定一致をもととしている。」しかもこの規準によって抑圧され、克己されている原衝動は依然人間の意識下に存在しているのである。それを完全に抑圧し尽くし、根絶することはできないのである。もしその衝動を殺してしまえば、その持ち主が死ぬことになるのである。そして抑圧されながらお生き続けている衝動は、いつか何らかの形で表面に出てこずにはいないのである。ヘッセはそのことを精神分析学によって、はっきりと自覚したのである。

ユングの影響

先にも述べたように身辺の不幸と捕虜のための仕事とで身心を使い果たしたヘッセは、ユング博士の弟子のラング博士の指導を受け、また自身フロイトとユングの書物を熱心に研究して、ようやく精神的な危機を乗り越え、若い時から彼を苦しめて来た精神的抑圧と緊張とから脱することができた。前述したように、ラング博士の所では一九一六年の六月から翌年一一月まで約六〇回にわたって治療を受けたが、厳密な意味での治療というより、友人として精神分析的治療上の相談をしたというべきものであった。「私がおぼろに感じたり、ちらと思いついたりして、部分的には無意識に知っていて、私の中にあったものが、はっきりと公式化されているのを見た」ことはヘッセにとって矢張りじつに大きな意味があった。ともかくラングの治療を受け、更にユング博士とも知りあったことが、ヘッセの精神的発展と文学作品の上に大きな影響を及ぼした。一九一六年頃からヘッセの執筆したものすべてがその背景なしには考えられないことはこの時代の童話作品に於いても顕著《けんちょ》で、殊に『デーミアン』はその最も直接的な作品ということができる。

カール＝グスターフ＝ユングはフロイトによって始められたウィーン学派を受けついで、更にこれを発展させてチューリヒ学派として精神分析学を樹立した人であるが、その最も大きな功績はコンプレックスという複合概念の研究と、それから更に進んで集合的無意識を発見して、この理論を樹立したことである。更にフロイトの「抑圧」に対応する意識と無意識との補償的関係の原則の発見など、大きな業績を樹立してその影響は精神科学のあらゆる分野に及んだ。ヘッセ自身ユングの業績を、医学的なものを越えて哲学的基礎づけへと進んだ、といっている。尤もユングがフロイトの「昇華」という概念を軽視したことには反対をしている。しかしヘッセがユングと深い友情を結び、その著作と研究から大きな収穫を得たことは一九一八年に発表された『芸術家と精神分析』の中に詳しく述べられている。

ヘッセはこの論文の中で、フロイトとユングの精神分析の仕事が、神経医師としての狭い領域を越えて、民族神話、伝説、文学に及び、芸術と精神分析学との間に、深い、実り多い接触が生じてきていることを紹介し、問題は心理学的見解が創作活動にどの程度に役立つかということであるとして、自分の体験を語っている。

芸術家と精神分析

彼はフロイト、ユング、シュテーケルその他の著作の中に、新しい、重要なことが記されていることを発見し、非常な興味を覚えたのだが、しかし彼がそこに見出したことは、すでに彼自身が、先輩作家の作品や自分自身の体験から予感していたことが、学問的に保証されている、ということだった。しかし精神分析そのものが直感的才能に基づく詩人の創作活動そのものを直接に高揚するとはヘッセは考えていない。詩人は夢見る者であって、精神分析はその夢を解釈するのである。しかし芸術家が精神分析から受ける確認と支持として三つのことをあげている。

まず第一に精神分析は空想や虚構の価値を確認する。芸術家が自分自身を分析的に観察する場合、彼が問題とせざるを得ないことは自分の職業に対する不信、空想の価値に対する疑念である。市民的観念や教育を正しいとし、自分のいっさいの行為を単に美しい虚構にすぎないものと片づけようとする他人の声を心に感ずることは芸術家の悩む弱点である。しかし精神分析は彼がさしあたっては「単なる」虚構としてしか評価し得ないものが、まさに非常に高い価値を有するものであることを強く教えてくれるのである。そして精神的な根元の促し、つまりは生命の根元的な促しとしてあらゆる生命を等しく受容し、その中での自分の使命を自覚せしめる道への促しが存在すること、及びあらゆる権威的な尺度や価値判断というものはその時の政治や権力によって左右されるもので、時代が変わり、政治や権力が変わると違った価値判断が生まれてくる。最近の東欧の価値判断の変化などはその最も具体的な例証である。こうした価値判断の相関性を思い出させてくれるのである。即ち精神分析は芸術家を自分自身に対して保証してくれるのである。

つまり、精神分析が次に与えてくれる価値は、この精神分析を単に「コンプレックス」の解明をしてくれるものと見なさずに、根元的に、真剣に、それを自分自身に体験する者のみが受け得るのである。即ち記憶や夢や連想などを分析し、その精神的根元を探究する者は、「自分の無意識に対するより密接な関係」とでもいうべき不断の収穫を得ることができる。彼は意識と無意識との間をより熱心に、より実り多く、より深い熱情を以て往復することができる。平常は識域下にあって、ただ夢の中にだけ反映しているものの多くを明らかに見出すことができる。

そしてこれが倫理的なもの、個人の良心に対して精神分析的な収穫をもたらすのである。即ちそれは自分自身に対する真実を要求する。私達が最も上手に心の中に追いこんでいたもの、数世代が不断に強制して抑圧していたもの、それを改めて見、認識し、調べ、真剣に受け取ることを教えるのである。それは強烈な、実に大きな体験である。根元をゆり動かすことである。そしてこの道をひるむことなく進むものは、自分がより孤独になり、伝来の考え方や習慣から切り離されるのを感ずる。そしてそうした誤った伝統の背後に、真実の、自然の仮借ない姿が見えてくる。そういう強い自己吟味によってのみ発生の歴史の一部が真に体験され、なまなましい感情をもって我がものとすることができる。真剣な精神分析によってほど、父母を越え、農民や遊牧民を越え、猿や魚を越えて、人間の来歴、所属、希望を真剣に、心の真底まで体験できることはない。そして不安や当惑や抑圧が明るくなるにつれて、人生と個人との意味が一層純粋に、一層強い要望を以て立ち上がってくる。芸術家にとっては、分析のこうした教育的、激励的力が他の誰よりも強く働くのである。芸術家にとって重要なことは、世間とその道徳に出来るだけ安易に適合することではなくて、自分自身の持つ一回的な存在意味だからである。

ヘッセがここで述べていることは、既に初めに彼自身が述べたように、彼が精神分析から得たものが、どれ程彼が内心に予感していたことを確証しているかを最も如実に示している。

過去の作家の中で、こうした精神分析的知識に最も深く接触していた人としてヘッセはまずドストエフスキーをあげている。ドイツの作家の中ではまずジャン＝パウルをあげて、自己の中の無意識なものを絶えず観察することによって実り多い創作の原動力となしていた詩人の最もよい例証としている。

無意識的なものや、統制されない着想や、夢や、戯れる心理などから流れ出てくる良いものを抑圧するのでなく、また無意識なものの、無形式な、無際限なものにいつまでも没入していることもなく、隠れた泉に心から耳を傾け、その後に初めて批判し、混沌の中から選び出す――このように偉大な芸術家はみな創作をして来た。もしこのような要求を充たすのに助けとなる技術があり得るとすれば、それは精神分析的なそれである。

以上がヘッセのこの小論の概要であるが、しかし前にも指摘したようにヘッセは精神分析の教える所を既に先輩作家の作品の中から読みとっていたし、また自身それを予感してもいたのである。しかし現実には矢張りラングの指導によって自分の精神的苦悩や更にはマリーアとの結婚生活の中の矛盾と魅力についても自覚することができて、それらの抑圧から脱することができた。そして『デーミアン』や『あやめ』その他の童話がこの精神分析を通じて直接に生まれた作品であるということは矢張り注目すべきことである。

ラングの治療を受けたヘッセは一九一七年の秋、ベルンで数ヵ月のうちに『デーミアン』を書きあげた。フィッシャー書店主はその秋にヘッセから手紙を受けとった。スイスで病臥していて、もう長くはもたない、エーミール＝ジンクレーアという若い人の原稿を見て欲しい、というのだった。編集者に見せた結果お引き受けする、とフィッシャーは返事をヘッセに送って、一九一九年の二月から四月まで、フィッシャー書店の「新展望」にジンクレーアの名で掲載され、一九一九年の六月に『デーミアン、ある青春の物語』という表題で矢張りジンクレーアの名前で出版された。発表されると、殊に若い人達の間に「電撃的な衝撃」を与えた。そのことをトーマス＝マンはゲーテの『ヴェルター』が引き起こした反響を思い起こさせる、といっている。マンはフィッシャー書店にジンクレーアとは何者かと問い合わせているがフィッシャーはスイスから仲介者を通して得た原稿だ、としか答えなかった。しかし後に、文芸評論家によって、ヘッセに違いない、と発表されたために、ヘッセもそれを認めて、一九二〇年の第九版からヘッセの名で発表した。また『デーミアン』発表後すぐに与えられた文学賞「フォンターネ賞」を返却している。

再出発

ジンクレーアという名はヘルダーリーンの親友の名であった。ヘッセはこの名で戦争中に幾つかの平和を呼びかける文章を書いていたが、新しい作品の著者名としてこの匿名を用いたのである。大戦のヘッセは作家としての出発の時にも、「ヘルマン＝ラウシャー」という匿名を使っている。大戦の悲惨な経験と精神分析による自己批判と内省とから、従来の作品と生活とから全く離れた、新たな出発を決意した時に、甘美な愛される作家としてのイメージをぬぐい去るために、全く無名の作家としての再出発を期したのである。そのために、その文体も、従来のヘッセの抒情的な美文調から、ややたたきつけるような、短い文章になって、ヘッセに好意的でなかった独文学者から、ナチスの青年プロパガンダと比較されたことさえあった。ヘッセがどんなに従来の甘美な作風から脱却しようと試みたかがうかがわれる。

『デーミアン』

『デーミアン』は主人公ジンクレーアが次第に自己自身に目覚めて、自分自身への道を見出し、最後に第一次大戦が勃発してそれに従軍して重傷を負う。それまでの精神的発展を描いた作品である。いわゆる事件らしい事件は殆どなく、ただ少年ジンクレーアが、不良少年フランツ＝クローマーに脅かされて、父母に隠れて小さな盗みを重ねながら次第に深みに引きずりこまれようとする。そこへ上級生のデーミアンがあらわれてジンクレーアを救うあたりまでが、いわゆる小説らしい構成を持っているぐらいのもので、あとは抽象的な心理的発展が扱われる。

ジンクレーアを救ったデーミアン、そしてデーミアンとまるで恋人のような生活をしているその母エーヴァ夫人、この三人がこの作品の最も重要な人物である。

デーミアンはいつでもジンクレーアが困っているときにあらわれる。しかしそのあらわれかたは、ジンクレーアが丁度デーミアンを求めて、そのデーミアンの指示する方向に本能的に向かおうとしているときにあらわれる。そしてジンクレーアが感情的に、或いは無自覚に求めているものを自覚させてやる。そしてそのことでジンクレーアを励ましてやるのがデーミアンである。それは作品の中に引用されているノヴァーリスの言葉、「運命と心情とは一つの概念の二つの名前である」ということへの正しい理解への道である。

例えば、デーミアンがジンクレーアに与えた決定的な影響として、善と美と明るさのみを称える神に対して、暗い、性の衝動、本能や性的なエネルギー（リビドー）をも包含する神アプラクサスへの眼を開かせた、ということがある。それはジンクレーアが既に予感していた、そして幼いヘッセがそのためにひどく苦しまねばならなかった世界である。それをはっきり自覚し、その自覚の上に勇気をもって進むことが、即ち「カインの額のしるし」であることを教えたのである。それは精神分析と進化の歴史と事実とから学びとった自己の運命の自覚と献身への道である。そしてそれが達成せられる過程で、デーミアンとジンクレーアとが一つになり始めるのである。デーミアンは、いわばジンクレーアの生命の促し、ヘッセはそれをたましいと呼んでいるが、そしてそれはユングのいう原型に相当する、その象徴化である。だからジンクレーアはデーミアンに促され、導かれる。そしてその自覚に到達したときに、いっさいの生命の源である原母の観念であるエーヴァ夫人の愛をうけるのである。デーミアンが生命の象徴であれば、デーミアンがエーヴァ夫人と恋人のような生活をする謎もとけるわけである。

ところでヘッセは既に『車輪の下』の中で主人公ハンスとその友人ハイルナーと対照的な二人に、自己の分身を分けて作り上げている。ジンクレーアとデーミアンとの対照は最後に一つとなる。両極性と統一とはヘッセの今後の作品の中でも度々テーマとなっているが、それはまたヘッセの思想の基礎を形造るものである。

大戦の果実

ゲーテは二〇歳代の論文の中で、既にはっきりと善悪などということは人間の社会でのことで、自然界にはそんなものは存在しない、ということを述べている。ただ厚い信仰の家に育ったヘッセが、そしてその精神的支配の呪縛《じゅばく》の中で長く苦悩しなくてはならなかったヘッセにとっては、矢張り世界大戦の苦悩と精神分析による解放とを経て初めて善悪の彼岸について確信をもてたのであろう。この時期にヘッセがドストエフスキーを論じたのもこの立場に於いておのずからふれずにはいられなかったのである。

トーマス゠マンがヘッセの七〇歳の誕生に際して述べた中で、新しいものに最もよく奉仕する人は、古いものを知り、愛し、それを新しいものに持ちこむ人である、といっているが、『デーミアン』の新しい道は、即ちそれまでに蔽《おお》われ圧迫されていたものを、新たに表に持ち出して来たのである。しかも「私は自分の中からひとりでに生まれ出ようとしたところのものを生きて見ようと欲しただけなのだ。それがどうしてこんなにも困難なものだったのか?」といわずにはいられなかったのである。

なおヘッセが戦争捕虜収容所の仕事についた一九一五年には戦前の一連の作品が発表されていた。例えばヘッセの作品の中でも、特に愛読者をひきつける『クヌルプ』『道ばたに』詩集『孤独者の音楽』、翌一九一六年には『青春は美わし』などがある。

そして戦争中、捕虜収容所の仕事のために、殆ど創作活動の暇のなかったヘッセは、戦争が終わると『子供の心』『ツァラツストラの再来』、更に唯一の劇の試み『帰郷』(第一幕のみ)など短いものを次々と発表した。そしてベルンを去ってモンタニョーラに行くと再び活発な創作活動が始まるのである。

III　西欧の賢者

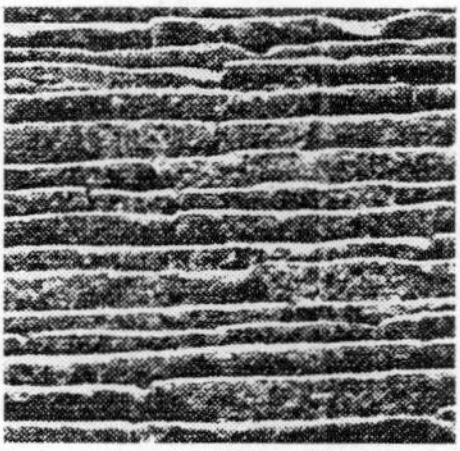

内面への道

いっさいを捨てて

第一次世界大戦は一九一八年一一月に終わったが、捕虜収容所の仕事は一九一九年春まで続いた。それからやっと解放されたとき、ヘッセはもう何ヶ月も、荒れ果てた家にけなげに働く女中とだけで住んでいた。人里離れて電灯もないその家で、灯油もつけずに暗闇の中に座っていることもあった。妻マリーアは神経障害で入院していて、最早この家にもどってくる望みはなかった。三人の子供は知人や寮にあずけられていた。ヘッセは「文学の仕事を何よりも第一に考え、この仕事のためにひたすらに生き、家庭の崩壊も、金銭的に大変な心配も、他のどんな顧慮ももう気にすまいと考えた。それがうまく行かなかったら私はもう駄目になったのだ。」ヘッセは崩壊した家庭を捨てて、書物と書き物机その他の荷物をまとめると、峠を越えて、南スイスのテッシンに向かった。「私は定着した人々の徳を模倣しようとして半生を失った。……私は詩人であろうとして、また市民であろうとした。……人はその両者を兼ねることはあり得ないことを悟るのに私は永い年月を要した。」『ロスハルデ』の主人公は子供を失って、いっさいを捨てて画業に専念しようとして家を出る。くしくもそれはヘッセのこの時を先取りしたことになった。

ヘッセは一九一九年四月ロカルノに近いある村の入口の小さな農家に住んだ。それからソレンゴに二、三週間いた後、五月、ルガノから一時間ばかりの小村モンタニョーラのカサ－カムッチというバロック風の立派な建物に家具つきの四部屋を借りて入った。しかし見かけは立派なこの建物も、暖房の設備が不充分なため、冬は風邪をひいたり、リューマチを起こしたりして、この頃からの手紙には病気を訴えることが多い。初めの四年は冬もここに住んでいたが、それ以後は暖かい季節だけをここですごして、冬はチューリヒその他に住んだ。ヘッセをこの家に一二年間も引きとめたのは、一メートル四方位の狭い露台からの眺めがたとえようもなく美しかったためで、その眺めの素晴らしさを『クリングゾルの最後の夏』の豊かな南方植物の眺めの中に活写している。多くの随筆や水彩画はこの露台から生まれたものである。特にこの家に住んだ最後の二年間は、この家に別れを告げるために、バルコニーからも窓からもテラスからもあらゆる景色をスケッチした。

カサ－カムッチ

しかしヘッセの外面の生活は貧しかった。

「食べるものは牛乳と米とマカロニだけ。古ぼけた服をはしがほつれるまで着、秋になると夕食を森から拾って来た栗でまにあわせた。しかしこうして思いきってやった実験は成功した。いろいろなことがここの数年を困難にしたが、それでもこの時代は美しく、実り豊かだった。悪夢から、幾年も続いてきた悪夢から覚めたように、私は自由を呼吸した。空気を、太陽を、孤独を、仕事を。私はこの最初の夏に『クラインとヴァーグナー』と『クリングゾル』を相ついで書いた。こうして内心の緊張もとけてほっとすると私は次の冬に『シッダルタ』を書き始めることができた。」

ヘッセはこのモンタニョーラの物質的に貧困な最初の年をふり返って最も充実した、最も豊かな、最も勤勉な、最も燃焼した時と呼んだほどである。しかし、物質的な面では、数人の友人たちが繰り返し心からの援助を彼に与えなかったなら、ここの数年間を耐え抜き、仕事をすることもできなかったろう、といっている。実際ヘッセはこの時期多くの友を得た。それらの友はまた『クリングゾル』の中に登場してくる。特にあげておかねばならないのは山の女王のルート＝ヴェンガー（一八九七年生）で、この若い歌手はスイスの閨秀《けいしゅう》作家リーザ＝ヴェンガーの娘で、まもなくヘッセの二番目の夫人になったひとである。ダダイズムの主唱者の一人で後にヘッセの優れた伝記（一九二七年）を書いたフーゴー＝バル夫妻ともここで知りあった。

ヘッセが戦争中、捕虜収容所の仕事に忙殺されて全く文学上の仕事ができなかったとき、気散じに描き始めた水彩画をこの時期に非常に熱心に盛んに始めて、じつに数百枚も描いたことは特筆すべきことである。毎日彼は、絵具と画用紙の綴りと小さな折りたたみ椅子とを携えて、森のふちや道ばたに腰をおろして描いた。全くの描く喜びで描いていたので、自身はその絵の価値に重きをおいていなかったように見えたが、しかし後に『画家の詩』『放浪』、童話『ピクトルの変身』『重い道』などの作品を自筆の水彩画で飾った。戦時中に、自分の詩に水彩画をそえて、希望者に分けて、その収入で捕虜収容所の仕事や自分自身のパンの糧にしたこともあったのだが、ドイツからの収入が絶えた今はそうしたことで多少の収入を得るほかに道はなかった。

画家ヘッセ

「外にあるものは内にある」

なお一九一九年一〇月には捕虜収容所長であったリヒアルト＝ヴォルテレクと共に「Vivos Voco」（生あるものを呼ぶ）という月刊雑誌の編集出版を始めた。この雑誌によって二人は新たに生まれるべきドイツの建設と新しい文化とに寄与すると共に、青年や民衆の文化形成など実際的な社会問題を前面に押し出そうと考えたのだった。

ヘッセの役割はしかし文学の面だった。テッシンに離れてはいたが時代に対して彼なりに協力しようとしたのである。そして『クリングゾル』の一部や『クラインとヴァーグナー』、『愛の道』『ドストエフスキーの白痴への考え』その他さまざまなエッセイを載せた。それらは所謂実際的な具体的な方策を示すものではなかったが、敗戦でそのより所を失った人々に自己認識と単純な明晰な倫理観とを説いたのである。一九二二年一二月までヘッセはこの雑誌の編集者として働き、その収益は児童援助に費された。編集をやめた後も時々寄稿を続け、反ユダヤ主義やドイツ国粋主義、ナチス主義に対しても警告を発している。こうした仕事のためにヘッセは国粋主義的学生によって非難されるに至った。

ヘッセの水彩画

ヘッセはベルン時代の終わりに書いた『子供の心』とモンタニョーラへ来てすぐに書き上げた『クラインとヴァーグナー』『クリングゾルの最後の夏』、それに後に完成した『シッダルタ』この四篇を一九三一年にまとめて『内面への道』と題して出版した。

ヘッセは戦争の責任と罪禍とを振り返って、その罪と責任とを自分の内心にも認めた。他人の罪を非難するよりも自分の内心にいっさいの責任と罪とをもまた認めずにはいられなかったのである。こうして精神分析の助けを借りて、彼の「内面への道」が始まった。ヘッセは『カラマーゾフ兄弟』のエッセイの冒頭に「何ものも外になく、何ものも内にない。何故なら外にあるものは内にある」という標語をかかげている。ゲーテの『神と世界』という詩群中の「結びの句」Epirrhemaの「内にあるものは外にある」という言葉の順序を取りかえた形になっている。

無意識下の風景

ヘッセは「内面への道」を精神分析によって辿りつつ、これまで無意識下に隠されていたものを明るみに引き出すことによって、戦争と悲惨と家庭内の苦悩とに圧迫され、精神分裂とノイローゼに倒れようとしていた自分を救うことができた。ヘッセの母はその愛児たちへの深い愛情にもかかわらず、個人の母であるよりも、寧ろカルプの敬虔主義教団の母だった。その母への欲求不満がラングのもとでの精神分析治療によって『一連の夢』『あやめ』などの童話になってあらわれる。その欲求不満が七歳年上のマリーア夫人との結婚の中に影を落としたのである。

『一連の夢』の中で主人公は母を求めて途方もなく長い遠い階段を昇る。ようやく昇りつめた主人公は母の立ち去る姿をみつめるが、呼びたくとも声も出ず、体も動かない。フロイトによれば、階段を昇る夢は性の欲求代謝の典型的なあらわれである。マリーア夫人に捧げられた『あやめ』では主人公アンゼルムが夢の中であやめの花に導かれて、その花の奥の方の青い秘密の奥に導く花茎に似た、岩壁の奥の青い路を静かに歌いながら、その奥へ、下へ、故郷へと沈んで行くのだった。人は女性の性器を思い出すだろう。

『子供の心』は少年の不安と怒りとの心理を扱っている。主人公の少年はある土曜日不安におそわれる。母に甘えたいが母がいない。父の所へ行って見るが父も留守である。父の部屋の中を見ているうちに戸棚にいちじくを見つけそれを二つ、三つ口に入れ、ポケットにも入れる。昼食で家族と顔をあわせると盗みをしただけに工合が悪い。翌日、日曜は気分がなおる。しかし折角よい気分の時に、父から昨日の盗みをせめられる。何故昨日叱ってくれなかったのか。ともかく父は赦してくれたが、少年の心にはなお理由にならない怒りが残っている。というのがあらましであるが、ここには幼いヘッセの様々な心理的葛藤がうかがえる。父がいちじくのような南国産の、ドイツでは貴重な果実をひそかにしまっておくのも自然でない。両親の性生活が隠されているようにも思える。そこに父と子の二重の不安が隠されているようである。

『クラインとヴァーグナー』はまた注目すべき作品である。クラインは、誠実な四〇歳をすぎた銀行員として妻子と平凡な平和な市民生活を営んでいたのに、ある日、自分でも不可解な不安の衝動にかられて、銀行の巨額な公金を横領して、ドイツから南スイスへ逃げてくる。『子供の心』と同様にクラインに犯罪を犯させたのはその内心の矛盾と不安とだった。ヘッセはたびたび自分の心の中の二つの世界を夫々小説の中に登場させて、この二つの世界の対立とそれからの調和とを書いて来たが、この作品では精神分裂症的症状を最もよく表現している。

ヨーロッパの没落の予感と共に、若者たちを最も惹きつけたものはドストエフスキーだった。善悪を越えた彼方に、新しい視点から旧来の善悪を見直して、新しい生命の源を求めようとしたのである。死することは新たな誕生に通ずるのである。ヘッセがこの『内面への道』の中で求め、問うていることはすべてこの問題だった。そして同じ時にヨーロッパには「犯罪者」を扱った作品が多く生まれた。アンドレ＝ジッド、トーマス＝マン、デーブリン等すべて犯罪者を扱っている。

『クラインとヴァーグナー』に続いて『クリングゾルの最後の夏』が書かれた。『クラインとヴァーグナー』の主人公が、ドイツからスイスに入って、アルプスの峠をくぐり抜けた列車の窓から眺めながらその風景の南国的な変化に心を打たれて過去を振り返り、そして種々の体験の後に南スイスの湖の中に身を投じ、その不安を越えて死の中に安らぎを得るのに比べて、画家クリングゾルはテッシンの美しい自然の中に花咲く夏の燃え上がるような、陶酔的な、ゴッホを思わせる熱狂的な生活の中にその身を燃焼し尽くすのである。『クラインとヴァーグナー』をいわばヘッセの家庭への挽歌とその罪の償いとすれば、『クリングゾル』は死を予感しながらも芸術にその身命をかけた生活への謳歌《おうか》であるといってよい。そしてヘッセはこの作品の中にその当時の友人達の姿を反映させている。無慈悲な男ルイにスイスの画家ルイ＝モイエ、魔術師ユップに技師ヨーゼフ＝エングラート、山の女王に後に妻となったルート＝ヴェンガー。ヘッセは後の『東方への旅』や『ガラス玉遊戯』の中にも、その最も親しい友人達の姿を仮装させて登場させている。なおクリングゾルは中世の聖杯伝説に出てくる人物で、ヴォルフラムの叙事詩『パルチファル』では強力な魔術師、ヴァーグナーの楽劇『パルチファル』では肉欲の権化、ノヴァーリスの『青い花』では詩人の導き手になっている。ヘッセはそれらをあわせて更にクリングゾルに李太白を重ねあわせ、画家として登場させたのである。

『シッダルタ』　『クリングゾル』を書き終えると、その夏の終わりにはもう『シッダルタ』の構想が熟し始めた。ヘッセとインドとのかかわりは祖父以来のことだから、ヘッセがこの時になってようやくインドに取材したということは寧ろ遅きに過ぎるといってよいくらいである。ただ、目前の精神的物質的困難の中で苦闘していたとき、一九一六年父の突然の死が起こった。それに『デーミアン』の構想、ユングの精神分析の研究等は、しだいにヘッセを東方の文化へと引きもどした。ヘッセは改めて父ヨハネスと自分との関係を思わずにはいられなかった。実際に『シッダルタ』はその冒頭で父のもとを立ち去って行く。そして第二部の終わりでは、シッダルタは子にそむかれる。くしくもこの作品では父と子の問題がその初めと終わりとを包んでいるのである。

ヘッセは構想がまとまると、一九二〇年二月頃に書き始めて、第一部を一気に書き上げた。金銭的に欠乏し、栗を拾って食べたりさえしていた当時のヘッセにとって修行に打ちこむ『シッダルタ』第一部はかなり実感的なものだったろう。

一九二〇年二月頃『シッダルタ』の第一部を書き終えたヘッセは、それをロマン＝ロランに献呈したが、しかしその第二部の執筆を進めることができなかった。一九一九年から二〇年の初めにかけて、ヘッセは次々と精力的に筆を進めて来たが、一九二〇年は最も非生産的な年だった。第二部をとり上げ得たのはじつに一九二二年の春だった。その年八月七日にヘッセはルガノの国際会議にロマン＝ロランによって招待された。そしてその席上で、講演のかわりに、『シッダルタ』の結末を読み上げたのである。この間二年二ヶ月ヘッセは全く行きづまっていた。「私はその時、自分の生きなかったことを書くのは無意味だという経験をした。」求道的な隠者に似た生活をしていたヘッセにとって、「耐え忍ぶ禁欲者シッダルタを書き終えて、勝利者、肯定者、克服者シッダルタにうつらねばならなかった時、最早書き進むことができなかった」のである。それはヘッセがまだ到達していなかった世界だった。

「世界を愛し得る」

ヘッセが不作に悩んでいた時代は、しかし『デーミアン』の成功がヘッセの名を高めていた時代だった。一方では祖国の裏切り者として非難の手紙もよく来ていたが、好意と賞讃を寄せる人達や友人も多くいた。その中にユングがいたことは特筆すべきことだった。ヘッセの生活は相かわらず不如意だった。毎日の食事の資《もとで》を得るために、多くの文芸批評を書き、また求められるままにベルン、オルテン或いはチューリヒと各地に招かれて自作の朗読をしている。またこの時期ユングの所に通って精神分析治療も行《おこな》っている。この前後にヘッセは彼の最初の伝記を書いたフーゴー＝バルとその妻エミー＝バルと親交を結んだ。カソリック教徒のバル夫妻は、精神分析には反対だったが、しかしヘッセが悩んでいた『シッダルタ』の第二部の人生を「伝記」または「童話」として見る余裕を与えたようである。

ヘッセの生活は一種の弁証法的な展開を示している。モンタニョーラへの最初の移転のあと、そこに居坐ったヘッセはその内心の不安を仕事に転換して、『クラインとヴァーグナー』『クリングゾル』そして「若いシッダルタ」にその創作力を旅立たせた。そして今、芸術的不毛の時に各地を旅した。その肉体的な移動の時、その心にはいつも『シッダルタ』の完成が目標としてあった。そしてそれがヘッセの旅の中に突如としてあらわれたのである。ヘッセは一月にいくつかの旅を重ねて、インドについての講演をザンクト＝ガルレンで行った後、バーゼルで朗読を行った。このあと二月中旬、チューリヒでルート＝ヴェンガーや息子のハイナーに会い、ウインタートゥールでまた朗読を行った。こうした忙しい日程の最中に、『シッダルタ』の終末が彼の心の中に浮かび、展開し、形づくられたのであって、それは机上の沈思の中で生まれたのではなかった。

ヴィルヘルム＝グンデルト

ヘッセの『シッダルタ』完成の直接の引き金の一つにあの母方の祖父の孫である従兄のヴィルヘルム＝グンデルトの来訪があった。グンデルトは旧制水戸高等学校のドイツ語教師として日本に滞在し、神道を研究し、後には『碧巌録《へきがんろく》』を独訳し、ナチスの時代に迎えられて、ハンブルク大学学長になった人だった。丁度賜暇でドイツにもどった彼は、その短いドイツ滞在の間に二度もヘッセの求めに応じてルガノに行って、ヘッセと二人だけで数日を過ごしている。勿論その前にヘッセとは手紙での交流はあったにしても、この二人の対談が『シッダルタ』の完成に、即ちインドや中国の思想や観念をヘッセに新たにし、生き返らせるのに役立ったことは彼自身の手紙からも察せられる。そしてヘッセはこの間、即ち一九二二年四月から五月にかけて約六週間足らずモンタニョーラに滞在した間に『シッダルタ』を書き上げたのだった。ヘッセはその感謝の心をこめて、第二部をヴィルヘルム＝グンデルトに捧げている。

第一部で悟道に達するために沙門の群れに入ったシッダルタは、その無意味なことを悟ってその群れを離れ、仮象の世界と見なしていた現実に眼を向ける所から第二部が始まる。シッダルタは、感覚の世界の新鮮さにうたれた。思考の世界と感覚の世界と、いずれをも軽蔑せず、いずれをも過重視することなく、両者から最奥の秘声を聞きとることが大切なのだと考える。そして社会に入ったシッダルタはそこで富と愛とを得たが、やがてそれも捨てて旅に出て、河のほとりの渡し守の所にとどまる。そして渡し守に教えられて河の流れの声に耳を傾け、現在のありのままのものを愛することを学びとるのである。「『愛』こそは私には何にもまさって大切なことであると思われる。世界を洞察し、解明し、軽蔑する、これは偉大な思想家の仕事であろう。しかし私にとって大事なことはただ一つ、それは世界を愛し得るということ。……世界と自分、そしてあらゆる存在を愛と嘆称と畏敬の心をもって眺め得るということだ。」

仏教の真髄は慈愛といわれる。シッダルタはあらゆる時による変化発展の中に、時を止揚して、その現在の中に過去未来の一切を見ようとする。しかしそれが未来に於いて変化発展する故にそれを愛するのではなく、それが現在それであるが故に愛する、と説く。

東西の懸け橋

ヘッセの比較的初期の詩の中に次のような詩がある。

格言

こうしてお前はすべての事物の兄弟姉妹であらねばならない。
それらのものがお前とすっかり融合して、お前が自分のものと他人のものとを区別しないほどに。
ひとつの星、ひとひらの葉の落ちるにも
お前はともに滅びねばならない、こうしてこそお前もすべてのものと共に
いつの時にもよみがえるだろう。

前に『デーミアン』の所で、ヘッセの思想が進化論に基づいていることを述べた。そしてヘッセはクリスチアン＝ヴァーグナーへの手紙の中で「動物と石の中に近しい、愛するたましい」を見出そうとするのである。それは進化論からすれば精神の起源は当然動物、植物とさかのぼって、今日の自然科学からすれば物質の中へ、更に分子の中にまでさかのぼることになる。精神の起源をそこまでさかのぼれば「動物と石の中に近しい、愛するたましい」を見出すことは当然なことである。ただこういう考え方はヨーロッパの人には却って分かりにくい。それは汎神論が教会によって、いまだに禁じられているからである。そこでヘッセはこのことを『シッダルタ』の中で次のようにシッダルタにいわせている。
「これは一つの石である。それは一定の時間がたてば怖らく土になるだろう。そして土からは植物が生ずるだろう。もしくは動物又は人間が。」しかしこの説明が余りに合理的であるだけに、ヘッ

セは『シッダルタ』の中で更にこうつけ足さなくてはならない。

「さて、昔なら私はこういったろう。『この石は単なる石である。それは迷妄《マーヤー》の世界に属する。しかしそれは変化流転の間に、あるいは人となり、霊となるかも知れない。それ故に私はこの石にも価値を認めるのだ』と。昔なら私は多分そう考えたろう。しかしいまは私はこう考える。『この石は石である。それはまた動物でもある。神でもある。仏陀でもある。私がこれを敬い愛するのは、これらがいつかそれらのものになるかも知れないためではなく、これがずっと以前から、そしてつねに、それらすべてであるからだ。——さらにまたそれが石であり、現在、今日、それが私の眼に石と見えるというその故にこそ、私はそれを愛するのだ。』」

スピノーザの汎神論は、このように物の中にまでヘッセのいう「たましい」を見るという所までは説明していないだろう。しかしここまで発展する可能性は充分に秘めていた筈である。そしてゲーテは一八二八年、七九歳の時に、宰相フォン＝ミュラーに宛てた手紙の中で「然し物質は精神なしには、精神は物質なしには決して存在しないし、力を発揮することはできないから、物質も上昇できるわけだし、精神も負けずに引きつけたり、突き放したりするのである」と述べている。このゲーテの言葉にはニュアンスこそ異なるが、ヘッセの物の中にたましいを見ようとする所と殆ど同じ趣きがある。これはまさしくヘッセの思想の先駆をなすものである。

一九〇一年、ベンガル生まれの物理学者チャンドラ＝ボースは英国の王立研究所の例会で、有機物と無機物との電気反応を永年にわたって実験調査した結果を発表して、有機物と無機物との境界が判然と定めがたいことを発表した。この発表に対しては、それまで生物学界その他から無視しようとする動きや、色々な妨害がなされたが、その時にはもうすべての反論は沈黙してしまっていた。そして一九一七年ボースにナイトの爵位が贈られ、その年バーナード゠ショーはその全作品をボースに献呈した。ロマン゠ロランも後に『ジャン゠クリストフ』をボースに献呈している。しかしヘッセはこのことを知らなかったようである。それはともかく、以上のことはまたヘッセがどれ程東洋精神に近づいているかということの証左でもある。

仏教に「草木国土悉皆成仏」という言葉があって、インド哲学者の説明によると、これは人間と自然環境とが一体不二であり、森羅万象《しんらばんしょう》がすべて絶対者のあらわれであるという世界観で、「東洋哲学の真髄と呼んで差し支えない」ということである。ヘッセがいかに東洋精神をよく理解しているか、という証左であると共に、また汎神論さえも教会によって禁じられる西欧に於いて、『シッダルタ』が理解されない理由も分かることである。ヘッセがロランに招かれたルガノの国際会議で『シッダルタ』の終末を朗読したとき、バートランド゠ラッセルとジョルジュ゠デュアメルとが臨席していたが、そのほかにカルカッタの歴史学教授カリダス゠ナクがいた。ラッセルの反応は伝えられていないが、デュアメルはヘッセの言葉を称えた。インド人のカリダス゠ナクはヘッセの作品と人柄に強くひかれた。二人の間に深い友情が生じた。ヘッセの『シッダルタ』はヨーロッパよりもアジアでより深い反響を起こした。ヘッセは自身一番キリスト教に近いと言いながらも、その仏教や東洋精神への理解と洞察は最も東洋的であるといえる。その意味でヘッセは西欧と東洋の文化の融合に貢献した優れて先駆的な代表者といえよう。

ヴィルヘルム＝グンデルトの言葉によると、フランス人の占い女が、ヘッセについて何の予備知識もなしにヘッセを相してこういったそうである。「あなたはこのヨーロッパでは他国人《ストレンジャー》です。あなたの前生はヒマラヤ山中の隠遁者で、峨々たる岩石の間に住み、緑の牧場や美しい花などを愛していた方だったのですから。」（三井光彌訳『シッダルタ』の「あとがき」から）

『シッダルタ』の持つ東洋的な思想とその美しさに於いて、最も重要なものの一つにその独特な文章のリズムの美しさがある。インドの僧が儀式の時に、同じ文句を三度ずつ、いい方をかえて繰り返して唱えながら、それに合わせて足ぶみの調子を整えるそうであるが、その言葉のリズムがこの作に用いられていて、疊語《じょうご》が非常に多く、それがインド的なリズムに乗って、全篇にインド精神のもつ幽玄な象徴性と音楽性とを与えて、この作品の最も高い魅力と完成度とを与えていることは誠に驚嘆すべきことといわねばならない。

現実と理想の狭間《はざま》で

現実と理想の融合

『シッダルタ』の執筆が終わって、書店に渡してほっとしたものの、ヘッセの生活は息のつける状態ではなかった。マリーア夫人と三人の息子の生活のためにヘッセの収入はその大部分が費やされた。息抜きに友人達との交際や夜の酒場にも出かけた。一方インフレのためにドイツの貨幣価値が大変下落して、ドイツからの収入は、ドイツマルクの価値の変動しないうちに即座にスイスマルクに交換しなくてはならない始末だった。例えばその頃ガイエンホーフェンのかつての家の売却費の残り一万五千マルクを受けとったが、それはスイスマルクで当時三七フランにすぎなかったのである。それを補うために新聞、雑誌などに短文を発表すると共に、また朗読の会にも度々出かける一方、不当に忘れかけられている詩人たちの詞華集《アンソロジー》や選集の編集などを引き受けて、多くの読書を強いられ、眼を酷使することになった。そして眼痛が激しくなり、更に痛風が出て、一九二二年秋にデーガースハイムの保養所で痛風の治療をうけた。この時の手紙や記録が、翌一九二三年の春以後通った湯治場バーデンのホテルーヴェレナホーフでの体験と共に、ユーモアと皮肉に充ちた傑作『湯治客』の基本になった。

ヘッセは自分ではいつでもまた旅に出たり、モンタニョーラにもどり得るつもりでいたけれども、実際にはモンタニョーラについでここがその定住の地になった観がある。ヘッセはまずその春ここで五週間の治療を余儀なくされ、湯治療法と鉱泉飲用療法を受けた。豪華なホテルで暖房がよくきき、食事もぜい沢で、もてなしも行きとどいていて、外部の雑踏や用務もここにはとどかない。温泉場から離れた町の他の場所には近代的な工場が建ち並んでいて、そこにはヘッセの弟のハンスの家庭があった。しかしここでの療養中のヘッセはハンスとはあまりしばしばは会っていないようである。

ヘッセはこのバーデンでの療養生活を『湯治客』の中にじつにユーモラスに、皮肉をこめて、且つヘッセ自身を客観的に観察しながら描いている。その際一つのメロディが二つの音列或いは譜線によって夫々に相互に緊密に呼応しながら形成されて行くように、それを何とかペンで描写できないかと願っている。なぜなら人生はいつも二つの極の間の振動から成立しているからである。そしてヘッセは現実と理想との魔術的な橋渡しとしてのユーモアをその敬愛する先輩作家ジャン＝パウルの『カッチェンベルガー博士の湯治行』にならっている。そしてこの作はその一年後一九二四年に出版されたトーマス＝マンの『魔の山』を偲ばせるところもある。

『湯治客』は一九二三年に執筆されて、最初は『バーデン湯治客の注釈』として一九二四年に私家版として発刊された。翌年ベルリンのフィッシャー書店から出版されたが、上述したように、じつにユーモラスで皮肉な傑作である。しかも主題は隣室のオランダ人夫妻の日常起居の物音や話し声に悩まされて、ひどくこの夫妻を憎むのだが、最後にはこの夫妻を愛することによって、心理的葛藤から解放されるという筋である。一方一九二二年頃から童話『ピクトルの変身』を、二年くらいの間練っていたものらしく朗読したりしていたが、一九二五年五月に印刷させている。この短い童話は楽園で様々に変身する樹木や鳥を見ながら、ピクトル自身も望んで樹木に変身するが、やがて固定して老いて行く自分に不満を感じ出す。たまたまその木の下を通りかかった少女に強く心をひかれ、その少女も樹木に変身して彼と並びたつことによってようやく満足する。いわば変化と両極両性の融合の中に幸福を見出すという短い童話である。

湯治場バーデン

ルートとの出会い

しかしこの童話を書き上げた後はヘッセの創作意欲はしぼんで、幾週も二次的な仕事に没頭した。朗読の旅や、画を描いたり、夏には多くの訪問客を迎え、息子達の世話もした。

ヘッセがテッシンに移り住んだとき、ヘッセは多くの人々と知りあって、その多くの友人たちが『クリングゾル』の中に登場したことは既に

ヴェンガー家の人々（左端がリーザ、中央がルート）

述べた。その一人に山の女王として描写されている若い歌手志願のルート＝ヴェンガーがいたことも既に述べた。彼女の両親はルガノ湖にはさまれた半島上の、丁度モンタニョーラと反対側のカローナに夏を過ごしていて、ヘッセは度々そこを訪ねた。ヘッセは不如意な生活の中で、夜は酒場ですごすこともあり、女性にも不自由しなかったようだが、ヴェンガー家にしばしば通うようになったのは、ベルンの家庭から脱《のが》れたヘッセが、じつはヴェンガー家の家庭生活に惹かれたからだった。殊に閨秀作家リーザの親切で立派な人柄は作家としての共通の話題が豊かな上に、年長の婦人としてもたよれる人でヘッセにとっては愛らしいルートと共に家庭生活の楽しさを味わわせたようである。リーザの夫テーオドーアは虚弱で病気がちだったが、家長としての体面にかかずらわるようで、ヘッセはあまり親しまなかった。しかしモンタニョーラの夏を幾度か過ごすうちにヴェンガー家を益々しげく訪ねるようになった。すでに四〇を越したヘッセは歌の勉学中の二〇代のルートに、父親のような気持ちで、いろいろと相談相手にもなっていたようだが、次第にそれが愛情に変わって行くのを制することができなかった。ヴェンガー家の住むカローナまではモンタニョーラから直線距離で六キロメートルあるから実際には七、八キロメートルくらいあったろうが、その距離はヘッセにとってはとるに足らないものになった、と息子のハイナーは語っている。

結婚と破綻

しかしヘッセは結婚のことは全く考えてもいなかった。再び結婚生活によって自分が縛られることを彼は怖れていた。それにもかかわらず、彼は相変わらずヴェンガー家に出入りし、一九二三年六月の姉アディス（アデーレの愛称）に宛てた手紙には、やがてルートが妻となるであろうこと、従って一度会って欲しいことなどを書いている。

一方ミア（マリーアの愛称）との離婚問題は、七月二九日に法律的に片づいたが、ルートと結婚するためには、彼のドイツ国籍をスイス国籍に移すための面倒な手続きがあった。更にルートの母親リーザと結婚の準備について細かい打ち合わせをしたり、ミアの離婚後のあと始末など、いろいろと事務的なことに煩わされた上に、ルートの父親が重病になって、ルートの所へ駆けつけねばならなかった。

明けて一九二四年一月初めヘッセは感冒で四〇度の熱を出したが、それが快方に向いた一一日には、早く事を片づけたいというルートの母の強い希望で、高熱の病気の六日後の、まだ起立することも、まして歩くことさえ困難なヘッセとルートの結婚式が行われ、友人であり心理分析医のラングやいつも財政的援助を惜しまないロイトホルト夫妻やその他の友人も出席して祝いが行われた。

ヴェンガー家と親しい歌手イロナ＝ドゥリゴの歌さえそえられた。

しかしこの結婚がうまく行く筈はなかった。犬や猫やおうむと一緒に住んで、ごくありきたりの夫婦生活を望んでいた若い歌手に対して、自分の仕事のために、捕《と》らわれることなく没頭したい四〇すぎの詩人との生活は、まもなくバーゼルの同じ町で、別々の生活を営む形だけの夫婦になってしまった。夜食だけは一緒にしていたが、そのあとはヘッセは行きつけの飲み屋に行って一人うまくもない酒を飲むという始末だった。ヘッセは離婚を考えたが、今度はルートが熱を出して、心臓がひどく弱ってサナトリウムにうつされた。ヘッセはバーデンへ行って痛風の治療をすると共に仕事に専念しようとしたが思うように出来なかったし、現実の逃避のように思われて、またバーゼルへもどって来たり、自分が狭い檻《おり》の中を動きまわる動物のように思えるのだった。一方息子達のこと、殊にハイナーが一六歳になって学校を卒業したあとの教育方針とか、その他色々の問題をミアはまるで離婚のことなど忘れたようにヘッセの所へ相談に来た。翌年一九二五年になって、ルートは新たに肋膜《ろくまく》炎を患い、更に数週間たって肺結核であることが分かって、六月半ば、カローナに小さな住居を借りて、召使いの女につき添われて住んだ。おうむがそばのとまり木にとまり、犬が彼女の番をしていた。

その少し前の六月八日にヘッセはアスコーナへ急に呼び出された。ミアの兄が自殺し、その次の兄がそのために理性を失い、ミアも新たに神経に障害を起こした。次兄がバーゼルの病院へ送られると、それまでミアの財政をあずかっていた――それも殆ど費やしてしまっていた――次兄のかわりに、ヘッセがミアの生活を見なくてはならなかったし、何よりもその精神状態が心配だった。結局ミアは近くの治療所に送られ、母のもとにいた三男マルティンをキルヒドルフの知人にあずけた。長男ブルーノーはベルン近くの友人の所で兵役を待っていた。一六歳の二男ハイナーも友人の所に託して、一応の始末をつけたが、ヘッセ自身も精神的にもすっかり参っていた上、肉体的にも眼と頭とに常に痛みを感じていた。なすべからざる結婚の悲哀、先妻と子供達の面倒、永い間創作的仕事から離れて、収入のための様々な文献解題的な企画の出版社との交渉、しかも一旦成立して編纂《へんさん》にかかっていた約束がほごにされるという結果になった。ヘッセにはその仕事のため酷使した眼の苦痛だけが残った。その上痛風で両脚がひどく痛んで殆ど歩けなくなった。ヘッセはそのことをバルに書いて、「もう生きていたくない。二年後の五〇歳の誕生日に、なおそう願っているなら首吊り自殺をする権利を保有しておく」といっている。しかしこの決定をした瞬間から、彼にはいっさいがそれほど困難に思えなくなったのだった。この頃には、こうした状態を苦悩と戦う自我の一種内面的な演劇的場面と見なして、後の『荒野の狼』の魔術劇場へと昇華させる素地ができていたようである。それは精神分析の修練の成果でもあった。それでも、その頃自分の文学的努力の価値も、人生に於ける自分の努力の価値も信じ得ない、ともバルに書き送っている。

旅の日々

ヘッセはまずバーデンへ湯治に行って健康をいくらか回復した後、チューリヒにロイトホルト家を訪ねて、八月末までそこに滞在した。そのあと九月、一〇月は南ドイツの幾つかの都市での講演を行った。そしてこの旅の経験の上に『ニュールンベルクの旅』が生まれた。そしてそれはまた『荒野の狼』の「魔術劇場」への序幕を準備することになった。

ヘッセがチューリヒのロイトホルト家を訪ねると、このシャムに旅行したフリッツとアリスの夫婦は、絶望的な友人を助けるために、これまでもそうだったように、最善の努力をした。彼らの住居のアジア的雰囲気の中で、ヘッセは全く我が家のようにくつろげた。米食のカレーの風味に囲まれて、彼は異国的な、あの『東方への旅』の気分を味わった。アジアから持ち帰られたシャムの寺院の金色の輝き、青銅《ブロンズ》の仏陀像などがヘッセの心をくつろがせて、ヘッセは都会生活の楽しみを味わうゆとりさえ持ったのである。町を歩き、美術展、劇場、映画館を訪ね、自動車や夜のネオンの光にも関心をそそられた。そしてそうした夜は最後は横丁の小さな酒場に落ち着いて、給仕女、給仕、タクシーや貨物自動車の運転手たちを観察した。映画館でも、彼が好んで見たのはチャーリー＝チャップリンなどの喜劇映画だった。殊にチャップリンを好んだ。カフェーで画家や文士たちと談笑して、新しい空気をも知った。

ロイトホルト夫妻はヘッセのために交友を集めた。共産主義者のエルンスト＝トラー、ツークからはヨーゼフ＝エングラート、ルツェルンからはラング博士も集まった。夫妻はまたチューリヒ湖の花火見物にボートを借りて、それには歌手のイロナ＝ドゥリゴも加わった。その次の日には『魔笛』の上演も見た。こうして彼は元気づけられた。

ヘッセは一旦モンタニョーラへもどった。ぶどう摘みの季節だった。九月の太陽が輝いていた。しかしその間にも二男のハイナーが訪ねて来て、一六歳の少年の学校とその後の教育についての相談がなされたが、この話し合いはかなり難航したようである。

ヘッセは夏の終わりまでに、南独への旅の計画を仕上げていた。南独の各都市での自作の朗読を割当てたヘッセは南独、殊にシュヴァーベンをめざしていた。それはまた彼が帰依するノヴァーリスの青い花の土地でもあった。そして本来『クヌルプ』のように放浪を求めるヘッセの心は、この旅と人々との出会いに、変化と心の転換とを求めたのである。

しかし旅はまず南へ下って、ロカルノへ向けられた。丁度一九二五年一〇月一六日にはロカルノ条約が締結されるので、街路は旗にかざられて賑わっていた。しかしヘッセはミアの経済問題と二男ハイナーの教育問題に頭を痛めねばならなかったのである。ミアの乏しい財産管理を委ねられていたその兄は、精神病院に収容されたが、ミアの財産を殆ど費やしてしまっていた。こうして彼は別れた妻の生活の面倒を見なくてはならなかった。

一応の手だてをつけて、ヘッセはようやくバーデンへ向かった。相かわらず眼が痛んでいたし、胃腸の工合も悪かったが、バーデンはヘッセのためによかった。一〇月二日の到着を弟のハンスが花を持って迎えてくれた。彼は電気会社の事務員として働いていた。この弟は後に自殺するのだが、その仕事に満足していない弟にヘッセは多くはなし得なかった。

この時の滞在には、彼は精神分析のラング博士を招いていた。所謂肉体の治療のほかに、精神分析の治療をも受けたのである。ヘッセは肉体的にも精神的にも回復した。そして荷物が多すぎたために、初めの計画通り、バーデンから南独へ旅立つことができずに、チューリヒのロイトホルト家へ引き返して、駄々児のように、風邪を口実に、一切の講演計画をことわろうとしたのだが、アリス夫人は彼を家に泊めて、よい食事とぶどう酒と眠り薬とで彼に元気を出させて、翌日昼頃に出発させた。

この旅は本当の感傷旅行になった。ボーデン湖から遠くないジンゲンではガイエンホーフェン時代の友人に会い、更にトゥットリンゲンに行き、夕食後、暮れ行く夕の町を散歩する間に、『ニュールンベルクの旅』に記述されているように、あらゆる過去の思い出、すでに亡くなった詩人たち、ヘルダーリーン、メーリケ、アルニムたちの思い出が、この不死の人たちのことが思い出されて来たのだった。不死の先輩詩人たちのすぐそばにいるという思いが、現在の苦痛や絶望や不快を一瞬拭い去ってくれた。芸術のもつ崇高な形式が、日常の現実の紛争の上に肯定的な答えを与えてくれた。

永遠なる自己

こうしたヴィジョンは一九二三年の『湯治客』、一九二五年の『ニュールンベルクの旅』、一九二六年に殆ど出来上がった『荒野の狼』を通じて続いているもので、そこでは瀕死の病気にかかりながら、芸術の魔術的な鏡の視野から不死の妙薬が提供されているのである。即ち苦悩する自我像が、精神分析の助けを借りて、永遠の視野のもとに美的鏡にうつし出されて眺められるのである。

『ニュールンベルクの旅』を以て、従来のいわば私小説家が、「生命の二重のメロディ」の、即ちテーゼとアンティテーゼの平行性と認識とに到達したのである。そこから人間の笑止な性格を芸術的意識の魔法的な反映へ昇華して、笑いとユーモアとが生まれてくる。それは一八世紀のローレンス゠スターンとかジャン゠パウルを連想させるものである。勿論そこには認識する自我と感じている自我との間の全く近代的な関係というものがある一方で、不死の人々の世界の前にその自我を反映するという問題がある。

ヘッセの朗読のその時の状況にあって重要なことは、ヘッセの思想や詩の考えや感覚が聴衆の考えや感覚と異なっているにもかかわらず、ヘッセの考えや感覚を注意して黙って聞くように強いることだった。その際ヘッセは無名の聴衆を忘れて、個々の人を眼の前にして、全くこの個々の人に向かうということで自分を励ますことができた。

「私が愛し、その人のために私が努力することができるこの個々の人が、例えば、友人の姿として現実にこの広間にいるなら、私はただその人にのみ向かって私の全朗読を語りかけるのである。もしその人がそこにいないなら、私はその人をひそかに想像するのである。眼前に思い浮かべるのである。例えば遠方にいる友人とか、愛する女《ひと》とか、姉妹や息子達の一人とか、あるいはまた広間の中で私に好意をよせているある顔を探し出してその人に語りかけるとか……それが私を助けてくれるお守りなのである。」

ヘッセは当時、もう一〇数年来、この公の朗読と講演とにその生計を依存していたのだが、ヘッセが『ニュールンベルクの旅』の中でこのことを記述しているのは、自己と社会との理解を芸術体験として表現することに役立てようとしているからで、それは後に『荒野の狼』の主要なテーマとなるものである。

現実と現実のもつ怖ろしさは芸術的意識の「無死の」、或いは「永遠の」自己の中に於ける個々の自我の反映を通して克服され得るのである。日常の存在が正しく、不満足の人々が単に神経症患者にすぎないなら、富豪、家族の父、規則正しい納税者であることだけが、よりよく、より正しいとするなら、仕事を処理し、子供を作ることだけがよりよいとするなら、工場や自動車や事務所が人間生活の本来真実の、意味深い内容を形づくるとするなら、そもそも何故芸術が創造せられるべきであるのか。芸術――ジャーナリスティックな効果を狙う商業的文学活動でない――真の芸術は、まさしく一般に妥当する鏡として、永遠の自己への結合として働くのである。「我々の中の永遠の自己が死すべき自己を見ていて、その飛躍やしかめ面を鑑定している、同情に充ち、嘲笑に充ち、不偏不党に充ちて。その状態を私は誰よりもよく知っている」とヘッセはいうのである。

苦難を背負って

アウグスブルクの講演に続いて、ニュールンベルクへ行く前に二、三日のゆとりがあったので、ヘッセはゲヘープの家庭に滞在して、郵便物を処理した。それから最後の朗読にニュールンベルクへ向かった。

ニュールンベルクはヘッセにとって最悪の都だった。魅力ある教会や古い市民の家々などのあるよく保存された美しい古い都は、激しい近代交通と工業生産によってすっかりそこなわれていたのである。しかし朗読は成功した。

ホテルは暖房がききすぎていた。しかし騒音のために窓を開けることができなかった。眠れぬ夜をやっと寝入ったと思ったら、早朝に電話でたたき起こされた。頭痛に悩み、眼は焼けるように痛み、膝はガクガクになって、彼はミュンヘンにもどった。ミュンヘンの滞在は悪くはなかった。しかしトーマス゠マンとの会見は必ずしもヘッセにとって快適ではなかったようである。ヘッセはこの当時、マンに対して感嘆と拒否の入りまじった感情をもっていた。後にはこの二人は互いに近づき親密になったが、この時にはヘッセとマンの間にはある距離があったようである。

「夜おそくまで私はマンの机のそばに腰をおろしていた。マンは上手に風格を以て処していた。好機嫌で、いくらか心を開きながら、またいくらか嘲るように。美しい家に護られ、その賢さと整った形式とに護られて」とヘッセは書いている。当時、様々な苦悩と困難を背負っていたヘッセにとって、トーマス＝マンの自信に充ちた生活態度の前にはひどく臆する所があったのだろう。

ヘッセは『ニュールンベルクの旅』で、この旧都市が車の騒音とネオンサインの洪水の中で、昔の落ち着いた面影を失ったことを嘆いたが、しかし近代の大都市の酒と性的放縦と幻覚的、神経症的解放感とは、存在の絶望感に悩まされ、気晴らしを求めるヘッセをして、モンタニョーラに落ち着かせはしなかった。モンタニョーラで最早落ち着いて絵を描くこともできなくなったヘッセは一九二五年一二月三日のアディスへ宛てた手紙で、まもなくチューリヒへ行くことを報じ、ニュールンベルクの旅について、もっと大きな作品を書きたい、といっている。

ところでヘッセの身辺は相変わらず非常に複雑だった。ルートはアローザでの治療がうまく行って、ヘッセはクリスマスをバーゼルの彼女の家族の所で過ごし、新年にはチューリヒの自分の所へ来るようにとはげました。一方ミアも回復して、アスコーナにもどるというのだが、そこで一人でどうしてやって行けるのかヘッセには分からなかった。アディスへ宛てた一二月七日の手紙でヘッセは書いている。

「いたる所に女が一人でいて、銘々何もすることがなく、ひとりぼっちで、世話は大抵私にかかってくる。」

ヘッセはチューリヒへ行く前に、アリス＝ロイトホルトの依頼で、ルガノに住んでいた彼女の兄弟の死のあと始末を引きうけた。チューリヒでその人の埋葬をすませたあと、ロイトホルト家の悲しみの邪魔にならないようにしばらくバーデンへ行き、聖夜をホテルーヴェレナホーフの所有者の兄弟であるヘッセの医師ヨーゼフ＝マルクヴァルダーのクリスマス-ツリーの下ですごした。そして次の日に、ロイトホルトが世話してくれたチューリヒの新しい住居に移った。運河ぞいの古い市区で二人の小人《こびと》が住んでいた。ヘッセの部屋の扉にはユダヤ教の戒律の書トーラ-ロッレがとりつけてあった。家政は大変背は低いが尋常に育った叔母がみていた。二人の小人は夜一〇時まで二人でピアノを連弾するので、大変わずらわしかった。ヘッセは朝食を除いて、大抵は旅館の食堂へ行ったが、またその時チューリヒに住んでいたラング博士の所にもしばしば招かれた。

大みそかはルートがチューリヒに来たとき約束をして、二人ですごした。彼女は療養所を去って、バーゼルに小さな住居を借りて、そこで歌唱を教えていた。ヘッセはルートに対してどんな要求も持たなかったし、どんな束縛も感じなかった。時々二人は会うだけで互いに仲よくやっていた。しかしヘッセは何らかの生きがいのある新しい生活を望んでいて、いつも絶壁の上に立っているような気持ちを抱いていた。一九二六年二月一七日のバルへの手紙では、丁度始まったカーニヴァルの仮面舞踏会の入場券を手にいれている。そしてジャズに親しみ、アルコールの助けを借りて、首をくくらずに、何とかやって行けそうだとも書いている。

永遠への昇華

これまでのヘッセの作品『クリングゾル』、『クラインとヴァーグナー』、更に『シッダルタ』さえも、ヘッセがその時の苦難を切り抜けて、より高い段階に到達するための一つの必然的な過程として、いわば救済のための手段として、最後には官能性の肯定というものがあったことを我々は思い出さねばならない。それはまた精神分析がいつかは提出せねばならぬ未解決の問題でもあった。ヘッセが一九二八年に公開した『危機の詩集』のあとがきで述べているように、「年老いて行く者の中にもう一度生命衝動が燃え上がるという問題ではなくて、精神がそれ自身に倦んで、自然、混沌、動物的なものにその王座をあけわたすというそういう生命の段階に達しているのである。……だれでもがこのことを自分の中に持っているのである。このより暗い、怖らくはより深い生命の半分の大部、じつにその最大の部分が私のこれまでの作品の中では無意識に黙秘され、美化されて来ていたのである。この黙秘の理由は、思うに、官能的なものを素朴に押しやるということではなく、この領域に対する軽視の感情にあったのである。私は最も広い意味で、精神的なものを官能的なものよりもよりよく心得ていたのである。」想像上の罪悪の首都と同じく想像上の芸術性とが官能の死の舞踏に結びついたのである。『ナルチスとゴルトムント』の中のペストの死の舞踏を思わせるでもあろう。

ヘッセはこの時期の苦悩と官能生活とを『危機《クリーシス》』という詩集にまとめようとしたが、フィッシャー書店はこれに賛成しなかった。またアディスや友人達も「新展望」に掲載されたそれらの詩に余り賛成しなかった。ヘッセ自身も、これらの詩作が単なる感情の爆発にすぎなくて、将来に成果をあげるには不適当なことを感じた。こうして『荒野の狼』の世界は無意識の抑圧された生命の一形式としてのテーマとなって、これに新たな形式と理念とを与える必要が起こったのである。ウィスキー、ぶどう酒、二日酔いの情緒的な崩壊の中で、ラング博士との日々の会話に助けられて、ここでも彼は距離を置いて自分を眺めることができた。それを最もよく具現したのが『荒野の狼』の中の「魔術劇場」だった。それも単なる精神分析的な個体の観察ではなく、ゲーテやモーツァルトのような不滅の精神の立場からの、光の国を求める『東方への旅』への視点から眺められた永遠の流れの中の個の運命だった。そして個の立場から永遠の世界への超越は個の分裂性と多層性とを認識し、個人の危機を宇宙的視野から、芸術と文化の永遠のユーモアの笑いによって笑殺することによりり達せられるのである。

ニノンの登場

ところでヘッセがそうした危機の真只中《まっただなか》にあって、チューリヒの生活に何らかのやすらぎを求めていた時に、最も彼にふさわしい女性があらわれたことはじつにしあわせというべきだった。それはニノン＝ドルビン＝アウスレンダーだった。彼女は若い時からヘッセの作品に傾倒していて、すでに『ペーター＝カーメンチント』に感激した一四歳の頃から文通をしていたのである。ヘッセを訪ねた二九歳の時には、ウィーンの画家で諷刺《ふうし》画家のドルビンと

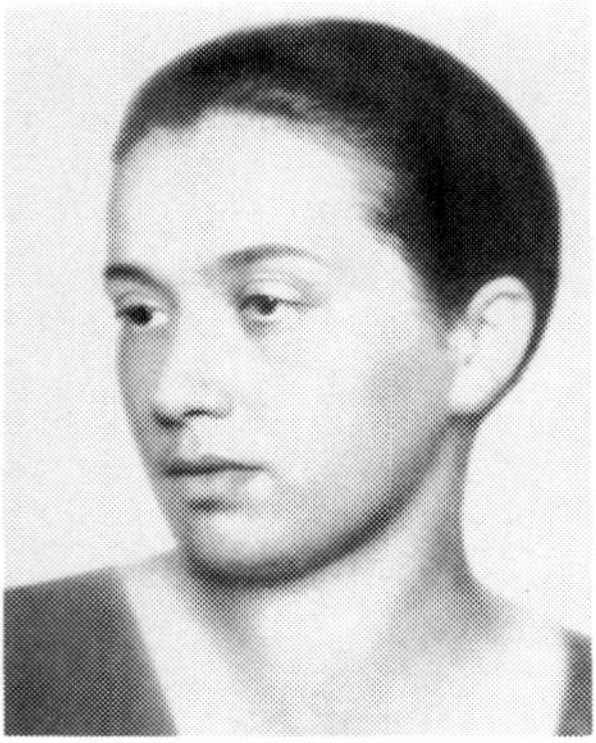

ニノン＝ドルビン

結婚していた。しかしドルビンはベルリンへ招かれて行ったきり、ニノンの頼みにもかかわらずウィーンへは帰って来なかった。彼女は一人でウィーンで美術史を研究し、殊に古代ギリシアの美術の研究に没頭していた。

彼女はたまたまチューリヒにヘッセがいることを知って訪ねて行った。もちろんルートがヘッセのそばにいるものと思っていたのだが、ヘッセが一人で、不自由な生活をしているのを見て驚いた。そしてヘッセの身辺の世話をしようとしたが、ヘッセはどこまでも断り続けた。しかしニノンは見かねて、時々ヘッセを訪ねては必要な世話をしていた。その献身的な世話はしかし決してヘッセの邪魔をしなかった。必要なことだけをして、ヘッセが一人になりたい時はすぐに引き下がるのである。ヘッセは最早ルートに対しては何の責任も感じてはいなかった。ルートは時にヘッセに会うことはあっても、全く単なる友達のように交際していた。ルートはバーゼルの自分の住居に姪を引きとって世話をしていた。しかも離婚ということには全くふれようとしないで、ヘッセの友人や親戚たちからは妻として扱われて甘んじていたのである。

ヘッセはこの年五月、また朗読と訪問の旅に、シュトゥットガルト、ブラオボイレン、ウルムと出ている。しかしこの旅は天候も悪く、ひどく骨の折れるものだった。歯根熱を病んで、急いでチユーリヒへもどって治療を数週間にわたって受けねばならなかった。雨が続き、歯が痛んでヘッセはくさくさしていた。

この間に『風物帖《ビルダーブフ》』（絵本）が出版された。スケッチや飾り模様で飾られて、ガイエンホーフェン時代から一九二四年の夏に至るまでの日記風の記録や感想、随想を集めたもので、最初のミアとの結婚から市民生活のための努力など、彼自身のそれまでの生活を概観したもので、彼の内面の生活をも様々に映し出している。

六月一八日、ヘッセはついにモンタニョーラにもどって来た。歯痛や手足の痛みも何とか克服し得た。六月一四日は亡父の一〇年目の誕生日で、誕生日は父の家では非常に大事な日だったので、ヘッセはこの日頃父のことを思い出していた。父母の家では詩や音楽は美しいとはされても、道徳、性格、意志、倫理ほど高くは評価されなかったのである。ある夜ヘッセは非常に啓示的な夢を見た。もう棺におさめられていて埋葬されるはずだった父が、弔問客たちの間に突然立ち上がったのである。ヘッセが驚いて目をさまして、明るいテッシンの朝を見たとき、突然作品『荒野の狼』が、仔《し》細《さい》に眼前に浮かび上がった。そしてこの新しい作品の執筆が進んだとき、ヘッセは心が次第に落着くように思えた。

ニノンは時々ヘッセを訪ねて来た。ルートも六月の初め以来再びテッシンに来て、カローナの父の家に居住していたので、ヘッセは二人が出会わないように気を遣わねばならなかった。二一歳になってスイス軍の新兵となってテッシンに勤務していた長男のブルーノーが数日訪ねて来た。雨が多く、日々の散歩も妨げられ、歯痛もなお続いてはいたが、神経を刺激されていたチューリヒからモンタニョーラに落ち着いたヘッセはニノンやブルーノーをはじめ、友人達の訪問もあってはるかに嬉しく心が静まった。七月に入ると、ベルリンやドレスデンで催される移動展覧会にヘッセの画の陳列の依頼があって、書物の成功以上に彼を喜ばせた。八月一五日には姉を招いて一緒にその誕生日を祝った。夜はチューリヒのバーでのウィスキーに代わって酒場でぶどう酒を楽しんだ。「危機」の自己嫌悪の苦悩が客観的な散文『荒野の狼』の執筆の中に克服されて行ったのである。

バルとの友情

ヘッセが自分自身の姿を『荒野の狼』の「魔術劇場」という鏡の中にうつし出していた時に、それと並んで、ヘッセ自身の手で促進されて、ヘッセの伝記を書くという仕事がフーゴー＝バルの手で行われて行った。ヘッセが四九歳の誕生を迎えた夏に、フィッシャー書店はその伝統に従って、重要な作家の伝記をその五〇歳の誕生の年に発刊することを慣行としていた。そしてフィッシャーは当時の編集顧問であった詩人オスカー＝レェルケにこの仕事を委託したが、ヘッセは乞うてこの仕事をフーゴー＝バルに頼んだのだった。

ヘッセとバルの友情は実に緊密で深いものがあった。二人は離れている時は始終手紙を交換しあったし、近くにいる時は、互いに長い時間話しあって尽きることがなかった。戦後の腐敗堕落について心配し、西欧文化の没落を防ごうと考え、バルは中世の復権と聖人の復活を願い、ヘッセは精神の復権を願い、そのためにインドと中国の文化の再発見を志した。時としてその見解は別れたが、本質的なことでは常に一致していた。バルの廉潔《れんけつ》と芸術性とは類いまれなもので、何らの譲歩もがえんじなかったので、彼は貧しい生活を余儀なくされていた。ヘッセは彼に仕事を頼むことによってその生活を助けることができた。フィッシャーは事情を了解して、できる限りの援助をバルに惜しまなかった。ヘッセが秋に療養のためにバーデンに行き、更にチューリヒに比較的長く滞在して、ヘッセとバルとの連絡が手紙だけでは不充分になった時、フィッシャーはバルに旅費と滞在費を支給して、バーデンやチューリヒにヘッセを訪ねさせて、その伝記執筆を助けた。バルの『ヘッセ伝』は多少の事実の誤謬《ごびゅう》はあったにしてもヘッセ伝として最もすぐれたものの一つである。

『荒野の狼』

ヘッセはチューリヒ滞在中に『荒野の狼』の執筆計画を具体的に進めていったが、一一月の末には再び朗読と知友訪問の旅に出た。

その出発の前にヘッセはベルリンの芸術院会員に選ばれたという知らせを受けとった。ヘッセにとっては思いがけないことだった。スイスに居住して、いわばアウト‐サイダーの生活をしているヘッセにとってはむしろ滑稽なことに思われたほどで、後に彼は辞退を申し出た。一方ヘッセはルートから長い間何のしらせも受けていなかった。芸術院のことにも、送ってやった詩に関しても何の反応もなかったので、ヘッセはこの沈黙に不安を感じていた。じつはルートはヘッセに事前の相談をすることなしに離婚の手続きを進めていたのだった。

一二月にヘッセは熱心に仕事を進めて、『荒野の狼』の散文が大筋に於いて完成した。バルの方も伝記の完成に近づいていた。ルートからは弁護士を通じて離婚の手続きが進められて来た。しかしヘッセにとっては作品の完成の方が重要だった。一九二七年一月二一日のアディスへの手紙には大仕事をなしとげたあとの虚脱感が告げられている。

しかし一九二七年の春は比較的幸福な生産的な時期だった。ヘッセの虚脱感は長くは続かずに次の『ナルチスとゴルトムント』にとりかかれるようになった。二月にはまた工合が悪くてバーデンに療養に行ったが、流感だった。療養はチューリヒでフィッシャーに会うために中断されたが、二月の終わりにはユングの精神分析のクラブで朗読をし、その晩にはもう仮装舞踏会に出て、初めは頭痛と心臓の病を感じ、婦人達に囲まれて、時々息を休めねばならなかったが、夜中踊り通して、椅子がテーブルの上へ積み重ねられ、外で電車が、「うるさい音をたてて必要もないのに」通り出すまで踊っていた。

この再び燃え上がった『荒野の狼』的本性を以て彼は小説の反響を待っていた。一般に公刊される前に先刷り版を読んだ仲間の友人達はこの多層的な構成の小説の新しい実験的なスタイルに深い印象をうけて、賞讃した。叙情詩人のオスカー＝レェルケはこの作品全体を貫く個人的良心と社会的良心との間のヘッセの敏感なバランスを認めて賞讃した。トーマス＝マンはヘッセに手紙を送って、「『荒野の狼』は暫くぶりにはじめて、読むということの意味を再び私に教えてくれました」と書いている。

この作品はヘッセの作品の中で、『ガラス玉遊戯』の序の章を除けば、最も社会批評の示された作品で、一九二五年に書かれ、二七年に公表されたのに、一九三三年のナチス政権誕生の六年前に既に警告を発して第二次大戦を予見していることは注目される。ヘッセはしかし社会的な様々な現象を長い進化の歴史を内にひめた個人の内面に、獣性から高い知性に至るまですべて背負っていると見て、その個人を通して社会を見る。戦争の準備をし、あまりに機械化され、あまりに経済効率化された社会は、個人にとって決して故郷ではあり得ない。この作品の中には未来への希望よりも警告が表明されている。時代の混沌と様々な欲望や不平不満、その吐け口としての性の世界の乱舞が開かれていて、それがまた『荒野の狼』の姿でもある。時代と個人の持つあらゆる問題を露呈することによってヘッセは人々と時代の反省を求めたのである。

ニノンとの再出発

七月二日のヘッセ五〇歳の誕生日は、彼が怖れていたのとは全く違った死のきざしのもとで迎えられた。バルはがんを病んでいた。そしてヘッセの誕生日にバルはチューリヒの赤十字病院で手術を受けた。こうした状況のもとでヘッセの誕生日の祝いはガイエンホーフェンの近くの旅館で行われ、ベルンから来たヴァスマー夫婦、娘をつれたラング博士、その他数人の友人たちと共にヘッセはニノンと一緒に簡単な食事と上等のぶどう酒で静かに祝った。皆の思いは、殊にヘッセの心はバルの病気にあった。

その間に『荒野の狼』と共にバルの『ヘッセ伝』に対する批評があらわれた。この二つの書物は共に高い評価を受けた。

七月二四日、バルはモンタニョーラに近いサン-アボンディオの身内のもとへ移された。九月一四日に死んだ。サン-アボンディオ教会の墓地に埋葬された。

ヘッセに力と勇気とを与えていたニノンがしばらくウィーンへ所用のために帰った留守の間にヘッセはすっかり落ちこんだ。腸を患って寝こんだ。その上痛風で左手が全く使えないとこぼしている。一一月になってようやくチューリヒでの短い滞在の後にバーデンの療養生活に入った。ヘッセのチューリヒ滞在の間、ウィーンからもどったニノンがチューリヒに住んで、始終ヘッセを見舞い、その世話をした。ヘッセはニノンのもとで安らぎを見出すことを知った。

一九二八年、『危機』の詩集がついに発刊された後、ヘッセはアディスへ宛てた手紙の中で、落ち着いて、距離を以て過去を振り返っている。その中でヘッセにとってミアとの信頼関係の失われたことと戦争とがどんなに大きな打撃であったかを記している。戦争による苦悩のことは既に我々は知っている。ただ、ミアを非常に尊敬し、好きだったが、「彼女とは私は幸福ではなかった」という言葉は非常に印象的である。ヘッセはニノンを得て新たな門出に立った。

『荒野の狼』が文学者や文芸批評家の間に賞讃を博しはしても、その精神分析的な比喩的な世界は一般読者には理解されにくいことをヘッセはすでにその内輪の反響で知っていたにしても、その「内面への道」が新たな、具体的な方向へ転じたことには、他方でニノンの出現が、思考の世界から現実の生活へとヘッセを引きもどしたということがあったに違いない。

ニノンとの生活

『ナルチスとゴルトムント』というこの重要な作品が一九二七年春というじつに情緒的に緊張した時期に書き始められたことは注目すべきことである。それは即ち『荒野の狼』がベルリンのフィッシャー書店で製作されていた時で、またフーゴー＝バルの病気がその死に至る危険な徴候を示しだしたときだった。そして禁欲的なカソリック教徒のバルと、あらゆるドグマに謀反《むほん》する、放浪性の芸術家ヘッセとが理想的に補足しあいながら深い愛情に結ばれて、全くナルチスとゴルトムントのように結局は同じ目的に到達したのだった。そしてそれを『ナルチスとゴルトムント』という作品の中に具体化するきっかけの最も重要な機縁をニノンが果たしたことであろう。すでに『荒野の狼』の危険な状態にあったヘッセにニノンは初めてあらわれて以来、その押しつける所のない慎しい献身によってヘッセの心の空隙《くうげき》を埋めるに至ったのだった。そして一九六六年ニノンがヘッセの死を追うようにして死んだ時、人々はその追悼の中で、『荒野の狼』のヘルミーネにニノンの性質の本質的な特徴を見出しているのだった。まして、『ナルチスとゴルトムント』の中ではニノンは積極的な役割を果たしたのである。一九二七年にヘッセはアディスへの手紙の中でニノンのことを「ウィーンから来た女友達」として愛情深く紹介して、もう二週間前からモンタニョーラの彼と同じ住居に住んでいることを告げている。ヘッセがルートとは二日と共にいられなかったことを思うと、これは驚くべきことである。病気も鬱屈した気分も克服されて新しい生活意欲もヘッセに沸いて来た。

一九二八年にはニノンは一層しばしばヘッセを訪ね、旅行にも一緒に行った。ヘッセは長い年月の後にようやく幸福になったようである。以前のように仕事と休息のリズムがもどって来た。バルの死後長く腸炎を患ったが、また眼の痛みがひどくなって、ニノンは間断なく彼のために心を配り、朗読をし、実務を助けた。一月四日、七週間の予定で二人はダヴォスの西方のアローザへ行った。この地が今後の休養地になった。

ニノンの組織的才能のおかげでヘッセの生活のテンポが整えられた。それは従来の気ままなやり方には反するものだったが、それによって仕事に対するゆとりが生じた。毎年の計画がたてられ、二ヶ月の冬の休暇（アローザと後にはサン-モリッツ）、春はドイツ又はチューリヒ、夏と初秋はモンタニョーラ、一〇月から一二月初めまではバーデン、クリスマスはテッシンにもどって、次の年の冬はアローザまたはサン＝モリッツでスキーという計画だった。

一九二八年二月末、ヘッセはチューリヒのシャンツェングラーベンの住居で仕事をした。しかし『ナルチスとゴルトムント』ではなく、翌年出版することになった詩集のために、従来の詩から選択して、『夜の慰め』と題された。選択にはニノンがあたったが、最終的にはヘッセ自身が決定した。一九歳になったハイナーは室内装飾家として実習生の道に進むことになった。この頃ヘッセがバルの未亡人エミー＝バルに宛てた手紙には、場所の移動による落ち着きのなさに対して、恒常の地に対する憧れが述べられ、モンタニョーラへの郷愁が述べられている。そして放浪への願いも書かれている。ヘッセの生活の中でも最も幸福な時代に対する一つの皮肉とも受けとれる。

スキーをするヘッセとニノン

ヘッセはこのあとニノンと共にシュヴァーベンに朗読の旅に出かけている。ハイルブロンからルートヴィッヒスブルクへ出て、アデーレとマルラに会っている。そのあとカルプとマウルブロンへ出て、少年時代の舞台をニノンに示した。このあと二人は別れて、別々に旅をしたが、五月にモンタニョーラに帰り、ニノンと一緒になった。

この年ニノンは度々旅に出て、ヘッセはニノンの留守の間、眼を使っていたためた。従ってニノンが帰ると救われるのだった。ルートは相かわらずヘッセ夫人と称してヘッセを怒らせたが、アディスはミアの健康のこと、チューリヒのハイナーの所でごたごたを起こした後、当時一七歳だったマルティンの近くに住みたがっていることを知らせて来た。ヘッセは答えている。「ミアの激しいエゴイズムは非常によく知っている。しかし事態は細い糸に吊された剣のようにまた私の頭上にかかっている。」

こういったことは一九一七年以来ヘッセにとっては日常のことだった。ヘッセはチューリヒの例の家に住んで、ニノンは近くの宿に部屋を借りていた。ヘッセは朝おそくまでよく眠り、昼食を午後早くにとって、そのあと数時間ニノンに朗読させ、それから一人になって夜おそくまで原稿を書いた。そしてエミー＝バルに原稿を送って見せて意見を聞いた。エミーとの交信は一〇年以上に及んだ。ヘッセはエミーの孤独を慰め支えたのである。

一月にはヘッセとニノンはアローザに行った。

ヘッセはバーデンにはしばしば治療に行ったが弟のハンスとはそれ程始終は会わなかった。しかし一九二八、二九年の年の変わり目にはハンスの妻フリーダがその年頃広がっていた結核を病んで、且つハンスの仕事も思わしくなくヘッセは色々と相談に乗っていた。

この冬はヘッセはスキーで転んで、絶対安静を要して、仕事もできなかった。ようやくそれがなおった時、今度は雪山の強い日光に眼をやられて、チューリヒで涙管の治療をしなくてはならなかった。数週間、暗くした部屋で眠れずに苦しんだがニノンが世話をして、朗読でヘッセを慰めた。四月になってようやくモンタニョーラにもどって仕事を続けることができた。

九月にいつもの治療にバーデンへ行き、それからチューリヒの生活を楽しみにしていた。ボードマー家へ厄介になった。ボードマー家はその後ヘッセにとって一層重要な意味を持つに至った。アディスへの手紙でもボードマー家はロイトホルト家と共に最も近しい友人だといっている。

一一月になるとまた朗読の旅に出て、ついでに故郷の家族を訪ねたり、半月ほどの旅をして、チューリヒのシャンツェングラーベンの住居にもどった。眼がまた痛んだが、ニノンがまたヘッセのそばにいてくれて、暗い部屋に横になって心を休めることができた。

衰　弱

『ナルチスとゴルトムント』の仕上げに続く一九三〇、三一年は比較的無事にすぎた。この間に『東方への旅』の考案が生まれ、執筆され、公刊された。日々がニノンの行きとどいた配慮のせいもあって余り問題もなくうちすぎた。三一年の新年を迎えて例年のスキー休暇が来た時、アローザの代わりに、サン-モリッツの上の二千メートルの高地にある高級ホテルルーシャンタレラを訪ねることにした。ここは六階建ての豪華ホテルで、「国際的な闇商人か資本家」のためのもの、つまり金か階級だけがものをいう場所で、従って誰もヘッセを知らず、誰も彼の所に押しかけてこない理想的な場所である。「我々には工合がよいのです。全く静かで誰にも注意されずに暮らせます」とヘッセはアディスに書いている。実際ヘッセとニノンはこのホテルで快適に暮らして、数年間ここへやって来たが、じつは最大の理由はヘッセの友人のヨーゼフ＝エングラートがその間サン＝モリッツに住んでいて、高価なホテル代の大部分を寄贈していたのである。

一九三〇年一月一〇日にヘッセがニノンと共に初めてサン＝モリッツに到着したとき、エングラートが二人を停車場に迎えて、山の上のそのホテルへ連れて行った。ヘッセがアディスへの手紙の中で、下のサン＝モリッツの集落にその時何人かの友人達が宿泊していて、平和で幸福な休暇を楽しんでいることを報じているが、しかし同時につけ加えて、ヘッセが体力の衰えを自覚していることがうかがわれる。年をとり、最早多くのことをなし得ないという自覚が、すでにその前の年の一一月のテュービンゲンの旅の時にはっきりして来て、その後の眼医者での度々の治療に際してもその自覚は少しもよくはならなかった。ヘッセがこの山の上にいる目的はスキーをすることであるが、「それには熟練と勇気とがいるのですが、一番大事なことはそのための力です。」が、その力のないことを、それはスキーだけではなくて、丁度その頃サン＝モリッツにいたルイ＝モイエ夫妻との楽しかるべきピクニックの際にも、自分には充分に楽しむ力のないことが自覚されたのである。

『ナルチス……』と『東方への旅』

『ナルチスとゴルトムント』の評判は非常に積極的で、『荒野の狼』に比べて問題が少なく、一般には楽しく読まれた。これは、修道僧として精進して院長になったナルチスと、修道院を脱走して愛の遍歴の後、彫刻家として多くの彫像を作り、最後にマリアの肖像にそれまでの多くの愛の遍歴を集約した傑作を生んで死んでいくゴルトムントとの友情の書である。それは、二つの世界の綜合の上に成立する中世の物語である。ただ道徳主義者たちからは、両書とも好色的であるという非難をうけた。ヘッセは『荒野の狼』の方がテーマがはっきりしていて、ソナタのようにしっかり構成されていると繰り返して弁護しなくてはならなかった。

夏は外面的には特別のこともなく過ぎた。マックス＝ブロートのような文学仲間、息子達、息子達の嫁、友人達の訪問が相ついだ。その他の好奇心に充ちた不意の訪問者達はすべて断られた。ヘッセは『東方への旅』の執筆が終わりに近づいていた。『クリングゾル』同様、多くの友人達、特にブレームガルテン城のヴァスマー家やルイ＝モイエ、オトマール＝シェック、ヨーゼフ＝エングラートなども登場した。バーゼルの街路なども舞台装置になった。『東方への旅』は精神の理想の国を求める人々の旅である。常に高い理想を持ち、その理想をめざして不断に努力する人々の過去、現在、未来を通じての憧れの旅である。ゾロアスター、老子、プラトン、ピタゴラス、ドン＝キホーテ、モーツァルト、ノヴァーリス、ボードレールたちも、あるいはこの旅の結社の設立者であり、仲間となった。

ヘッセがニノンに頼ることは非常に大きかった。ヘッセは自分の不安定な性格の支点を前の二人の妻と同様にニノンにも求めた。ニノンが旅に出て、身近にいないと、もうすぐに途方にくれて、しばしば病んでしまうほどだった。しかも当然予期される結婚ということになると、それはもう彼としてさけられないことなのだが、前の場合同様に抵抗と疑問を感ずるのだった。

暫く前からヘッセはテッシンに自分の家を建てたいと考えていた。眼をいたわるために、もっと明るい照明の書斎と自分の土地と住居で生活したい、そして一九〇四年の時のように頭脳を酷使する仕事を庭仕事で休めたいと思っていた。しかしそのためには文学上の成功だけでは財政的に困難だった。そこへ、一九一九年以来ヘッセを尊敬し、ヘッセの近しい友人達の仲間に入っていたチューリヒの裕福なハンス＝ボードマーとエルジイ夫人とから、ヘッセとニノンのために家を寄贈しようという申し出があった。勿論ヘッセは一旦断ったのだが、ヘッセとやがて夫人となるニノンの生涯のために、その希望通りの家を建てて、二人の死後はボードマー家の所有にもどすという条件で、ヘッセは承諾した。

六月までに谷を見下ろす適当な場所が見つかった。一万一千平方メートルの大きな長い、かなり急にかしいだ草の傾斜地で、郵便道路に続く野道が通じていた。土地の一部は森に接していて、近くには他の家が建っていなかったので、ルガノ湖を広く見渡せた。問題は村から遠くかけ離れた所で、買物に行くのに一五分はかかるし、お手伝いが得られるかどうか、ということであった。しかしこうしたすべての問題はニノンが処理した。彼女のはっきりした判断力のある、しっかりした管理能力は生活の一切の処理からヘッセを完全に解放した。しかも五〇歳のヘッセに対して三一歳の彼女が性的な魅力に於いても欠けていなかったことは『ナルチスとゴルトムント』の性的描写からもうかがわれることである。

ところでニノンが二人の一緒の生活を規定し始めると共にヘッセの作品の質に変化が生じた。『ナルチスとゴルトムント』はヘッセの四、五〇代を包括する作品であるとすると、『東方への旅』は寓意的な作品となって来た。そしてかつてのインドへの旅が失望に終わったのに対して、彼は真の東洋というものを精神の中に見出そうとしたのである。そして東洋の哲学、文学、宗教の中にその思いをひそめて、その視野がインドから中国へと移されて行った。それが一九三一年に展開し始めた『ガラス玉遊戯』の構想へとつながるのである。しかもそれはヘッセの老いの始まりとも関連し、同時にまたナチスの台頭の時代とも重なるのである。

ヘッセは彼の作品のこの変化を意識していた。彼がそれが彼の生活の変化した結果だということを怖らくは自覚していなかっただけに、なお更自己批判的に意識したと思われる。この彼の生活の確実さと恒常さとがじつは上表的なもので、その下には少年時代以来彼を支配していたあの難しい内部生命が隠されていた。ニノンとその管理への信頼のおかげで、さもなくば以前には絶えず表面にあらわれていた陰鬱や病気や不安の爆発を彼はふせぐことができたし、彼の官能的素質から生じていた不安定さから見事に距離を保つことができた。

『ガラス玉遊戯』へ

ヘッセの生活それ自体は幸運なこの変化とは逆に、新たにヘッセの健康状態が悪くなった。一九二八年に、ようやくよくなっていた涙管の古い炎症が再び悪くなって、いつか視力を全く失うのではないかという不安がしだいにつのって来た。実際また絶え間ない頭痛その他の多くの疾患は疑いなくこの眼病に基づくものだったようである。一九三〇年一〇月からヘッセはニノンと共に、ボーデン湖畔リンダウの有名な眼科医のヴィーザー伯をしばしばたずねた。彼は特別の眼鏡を処方して、そのおかげで苦痛は和らいだが、視力が下がった。そのためまた完全な失明への不安が増大した。こうした状態がヘッセの観察法に影響を及ぼして、生活自体の眼に見える色と形とを音楽的数学的公式の中へ移す抽象的な眼としたのである。従って当時彼が考案し始めた『ガラス玉遊戯』の序の章が禁欲的な厳しさをもった抽象の世界、即ちガラス玉遊戯の本質と経歴とを年代記的に解説し、また本来中世的な教育州カスターリエンを未来の理想国として提出するということになったと考えられる。勿論虚構の履歴の中に感覚的な具体的な対象世界が象徴的に保持されてはいるけれども、物語の重点は弁証論的な緊張、幾何学的な設計、音楽的な調和など才気に充ちたガラス玉遊戯の表現と形式にあって、色彩的な要素に欠けるということができよう。

一九三一年の夏は『ガラス玉遊戯』の最初の数節の制作に向けられた。七月には日本のグンデルトの短い訪問があった。五四歳の誕生日が家族達と祝われた。八月には新しい家に入れる筈で、ニノンは早朝から夜おそくまで建築現場に立ち合って、明るい赤色の壁に大きな窓のついた家が出来上がった。その窓から谷を越えて湖と向こうの山々が望まれ、夜には遠くルガノの灯が見られた。八月一〇日に引越しができて、ボードマー家、ロイトホルト家やその他の友人達が集まって落成を祝った。一一月にはヘッセは再び不安と内心の抵抗を感じながらもニノンと結婚した。二人はすでに一緒に生活をしていたので、これはただ法律的に認められ、秩序づけられたにすぎないが、この後約三〇年に及ぶ安定した生活は「モンタニョーラの賢者」と呼ばれる所以になったが、それはニノン夫人の内助の功によることが多かったといえよう。

新居からのルガノ湖の眺め

この年の冬は『ガラス玉遊戯』の仕事にとりかかっていたが、眼科医ヴィーザー伯の所で二番目の手当てを受けねばならなかった。大みそかは『魔笛』を聞いて、一九三二年の新年を迎えた。ロイトホルト家で友人達と共にくつろげたが、しかしヘッセはすでにまもなくヒトラーの登場による時代の危機の始まりを予感していたのである。

第二次大戦と困窮の日々

一月初めヘッセ夫妻はサン－モリッツの上のシャンタレラにいた。そこで、二月に、ヤーコプ＝ヴァッサーマン、トーマス＝マン、それに出版者ザムエル＝フィッシャーと出会った。そしてヘッセ、マン、ヴァッサーマンの三人がうつった有名な写真がうつされた。三人の偉大な巨匠達の立つ雪に蔽われたこの山、まさしく「魔の山」は、翌年ヒトラーが政権をとって行く中で時代に対する防壁としての意味をもつことになる。優れたユダヤ人作家のヴァッサーマンは翌一九三四年一月一日に死んだ。ナチスに反対したトーマス＝マンはやがてドイツから脱出して、その後の三〇年をアメリカとスイスですごすことになった。ヘッセは暫くはそれほど「好ましくない」ことはないぐらいに見なされてはいたが、やがてその作品は悪意を以て妨げられ、ついには弾圧されるに至った。三月にヘッセ夫妻がこの山を立ち去る直前にアディスへ宛てた手紙の中で、ヘッセ夫妻は古い友人の画家ルイ＝モイエとの素晴らしい復活祭のピクニックについて書いて、山と雪と太陽に対する喜びを深い印象をこめて語っている。

ゲーテへの感謝

ヘッセは『ガラス玉遊戯』の序文を書いたチューリヒのシャンツェングラーベンの住居をたたん

サン–モリッツの３人

で、モンタニョーラに引きこもったが、やがて起こってくる政治的精神的圧迫の影はヘッセをおそった。彼はロマン＝ロランの勧めにこたえて、ゲーテの没後百年のこの年、『ゲーテへの感謝』を心をこめて書いた。

「ゲーテの叡智は……インド、中国、ギリシアのそれと共通の空気を呼吸している。それは最早意志でも知性でもなく、敬虔、畏敬、奉仕である。道《タオ》である。すべての真の詩人はその火花である。芸術も宗教もこれなくしては可能であり得ない。……すべての高貴な民族のすべての伝説が、あの叡智がかつて、偉大な支配者の時代に存在していたということ、そして支配者とそれに仕える者たちがこれに不忠実になったということ、そしてこれに回帰することが地球を再び天と融和させるための唯一の道であるということを知っている。そしてゲーテがその詩人性とその文学性とによっていつもこの最高の物へと、渦巻く流れを越えて安らぎへとつき進んだということ、それこそいつも彼へと私を引きよせたものである。それこそ私をして彼の幾つかの疑わしい、書きそこなった書き物の中をいつも探し通させたものである。何故なら賢明になって、時代的な個人的なとらわれを脱した人間よりもより高い演劇は存在しないのである。幾つかの徴候から、ドイツの若い人達は最早ゲーテを殆ど知らないのだと推論せざるを得ない。怖らくその教師たちは彼らをゲーテで悩ませないようにすることに成功したのである。もし私が高校や専門学校の指導をしなくてはならないとしたら、私は一般の生徒たちにゲーテを読むことを禁ずるだろう。そして最良の、最も成熟した、最も大切な生徒達だけのためにとっておくだろう。彼らは、ゲーテが今日の読者をどれほど直接に今日の大きな疑問の前へ、ヨーロッパの疑問の前へ立たせるか、ということを発見して驚愕《きょうがく》するだろう。そして彼らは我々を救い得る精神に関して、この精神にあらゆる犠牲を払っても仕える心がまえを用意させることでゲーテほどに優れた指導者と僚友を見出し得ないだろう。」

この文章は一九三二年に「ヨーロッパ」という名の雑誌に掲載されて、一つの政治的目標を与えることになった。就中《なかんづく》『東方への旅』の発刊は二〇世紀の一九三九年に勃発したあの運命的な第二次大戦に対する政治的警告ともなったのである。

ナチスの台頭

『東方への旅』の反響は分かれた。『ナルチスとゴルトムント』の読者の期待には反するものだった。次第に厳しくなる政情のもとで、『東方への旅』の同盟者は政治的には全く無力だったし、それは少数の目覚めた人達のためのみの理想の同盟だったからである。

一九三三年一月三〇日、遂にヒトラーは政権をとって宰相の地位についた。翌月、二月からナチスの政策に同調しそれに従うように強制された多くの人々が国境を越えてスイスへ逃れて来た。何人かの文学者がヘッセの所に相談に来た。トーマス＝マン夫妻も訪ねて来た。ヘッセ家には住まなかったが、度々訪ねて来て、政治や出版や個人的なことなど色々と話しあった。モンタニョーラへの様々な訪問者は非常に不安な多くの情報を持って来たので、ヘッセはドイツ人よりもより多くの情報を得るに至った。

この春、ドレスデンからグンター＝ベーマーという若い画家がスイスへ来て、ベルリンでの政治的体験を手紙でヘッセに報じて、それに対する嫌悪と怒りをかくさなかったので、ヘッセはこの青年を招いた。彼は今日ドイツの書物の最も著名な挿絵家として知られるが、当時二一歳の彼はヘッセの足跡を訪ねて、マウルブロン、カルプ、ヒーザウ、バーゼルと徒歩で旅して、いたる所で印象的なスケッチをした。またヘッセの父ヨハネス＝ヘッセの書いたものを求めて、これをよく研究した。ヘッセはベーマーのスケッチを見たいといって彼を心から歓待した。彼はついにモンタニョーラに、ヘッセの住んでいたカサ＝カムッチに居住して今日に至っている。

ヘッセの五六歳の誕生日にはニノン、エミー＝バル、アデーレとその夫、老ナタリナなど家族的なグループの中にベーマーも加わっている。

ドイツへの想い

ヘッセはナチスが政権をとって以来、それに対する怒りと反対をかくさなかったが、しかしパリに多くの亡命者が作った反ナチスの団体行動には加わらなかった。彼は暴力や焚書や人種差別には反対だったが、ドイツの作家としてドイツ国内の彼の読者や友人に対する配慮から、あからさまな反対運動には加わらなかった。一つにはすでに国際的な名声を博していたトーマス＝マンに比べて、当時の彼の読者の多くはドイツ人であったからでもある。そしてドイツの新しい政治がヘッセの考えとは全く反していたときでさえも、その最も奥深い所で生きている文化的源泉に結びついていることを信じていたのである。ドイツから彼の所へ来る手紙は憎悪と中傷に充ちているものもあったが、若い人たちの手紙の大部分はヘッセの忠告と助力とを求めていた。これらの若い人たちの手紙は一九三三年三月以後も決して減らなかったし、その内容も少しも変わらなかった。ヘッセはドイツの人々と自分が結ばれていることを感じていた。この人達はモンタニョーラへ訪ねて来て、一時間或いは半日、心配や不安や喜びを語った。ヘッセはその人達に対する責任を感じていたのである。それは彼をしばしば圧迫し、またしばしば喜ばせもした。時には新しい政権を熱情的に讃美する人たちからの積極的な手紙も来た。ヘッセは黙認しないで、その人達によりよいことへ可能な限り教える使命を感じたのである。日本で神学を研究していたグンデルトからも、ナチスに協力するようにヘッセに勧めて来た。ヘッセはそれに従うことはできなかった。ドイツ国内でもエーミール＝シュトラウスのような作家や、医者で作家で、テュービンゲン以来親しくしていたルートヴィッヒ＝フィンクなど熱烈な愛国者に対しても、その時代の英雄的犠牲的理想に対してあるていどの理解は示しても、否定的な価値を打ち出さずにはいられなかったのである。そしてフィンクが影響を及ぼす地位に高められて、ついに公式にヘッセに反対の声をあげるに至ったことは、ヘッセにとって大きな失望だった。

二元性の統一へ

これらの状況はヘッセの『ガラス玉遊戯』の計画の中に、興奮的な現実に対して、自分自身の日常の中にも打ち立てたいと願っている瞑想的象徴的な恒常的世界を盛りこまずにはいられなかった。こうして一八世紀の敬虔主義者たちの作品や伝記、特にヨーハン＝アルブレヒト＝ベンゲルとフリードリヒ＝クリストフ＝エーティンガーの作品や伝記を再び読み始めた。それによって『ガラス玉遊戯』の記述がやや進み始めた。『年代記作者』に関する導入で記述を広げ、『履歴』のうちの『雨乞師』を書き上げ、この二つの文章が一九三四年の「新展望」にのせられた。

ヘッセが新しい小説を文化的政治的批評へ貢献するものとみなしていたことは明らかで、ただこの時にはそれを象徴的に目立たないものにしなくてはならなかった。

この老年の作品の中に示された瞑想、易教の神秘的知恵、及び西欧の数学と音楽とはヘッセのもつ矛盾や内面的動揺やその生活の永遠の紛争と、二元性との一切を統一する法則性に形成することを助けたのである。これまで彼は主として感情人間として自分を表現して来た。しかし老年の彼はそれ以前の姿に矛盾するように見える理知の砦を構築した。

彼の思想の二元性は東洋の文学と文化へのその関係に於いて特に明らかになる。中国人が無類の文化を持っているという意識はヘッセの中高年の作品に顕著で、『シッダルタ』のインド伝説はその終末に於いては道教の教えに向かったのである。そして『ガラス玉遊戯』は更に明白に中国的思考の著しい影響を示している。インドの多神教から離れて、より高い統一として両極性を肯定すると共に、更にそれを一歩踏み越えて、老子よりも孔子の理想的現実へと近づこうとしている。ヘッセがバッハ、モーツァルト、老子、荘子、孔子、ゲーテその他の不死の人々の助けをかりて晩年に見出した明朗さは、時代史の攻撃と要求とに対する単なる避難所と砦というよりもより多くのものだった。それはまた彼の思想、著述、行為を客観視して、すべてを超感性的に結合する公式に到達しようとする試みでもあった。

尖鋭化する時代

こうしてヘッセが『ガラス玉遊戯』の構想を繰り返し、広げて行く間に、ヨーロッパの政治的状況は益々尖鋭化して、彼の仕事の上にも影響を及ぼして来た。

しかも彼は毎年バーデンへ行き、時々旅行もした。一九三六年にはドイツへさえも行ったが、戦争の勃発はついにこうした旅行も不可能にした。ヘッセはモンタニョーラの新居にこもって、庭仕事に楽しみを見出した。もう以前のような放浪の欲求もなくなっていた。ニノンは研究のためにウィーン、ベルリン、パリ、アテネと旅をしたが、留守は家政婦の老ナタリナがとりしきったので、ヘッセは落ち着いて、以前よりも客の訪問を喜んだ。ヘッセは政治亡命者のためには努力したが、様々な党派への加入の要請は断り続けた。一九三四年初め、ニノンにせかされてもう一度ヴィーザー伯の眼の治療を今度はケーゲルン湖畔で受けたが、友人の突然の死のため、その未亡人をモンタニョーラに迎えるためにもどって来た。

モンタニョーラの新居

夏にはカール＝イゼンベルク（『ガラス玉遊戯』のカルロ＝フェロモンテ）が訪ねて来て、ヘッセは音楽理論について色々と知識を得ることができてそれを小説に応用した。八月に、思いがけずゴットフリート＝ケラー賞を受けた。一九三四年秋にはユングとの昇華に関する有名な書簡論争があった。

一〇月にはヘッセはまたバーデンに行ったが、一〇月一五日あの出版者のザムエル＝フィッシャーが死んだ。フィッシャー家はユダヤ系であったがヘッセの生涯に果たした役割は大きかった。その娘婿で後継者のゴットフリート＝ベルマンとも親しかった。そしてヘッセはフィッシャー書店の「新展望」が果たした公正な役割を賞讃し、弁護した。ニノンもユダヤ系だった。しかし多くの粗暴で愚かで卑劣なユダヤ人のいることもヘッセは知っていた。しかし少数ではあるが洗練された、賢明で大胆なユダヤ人がいて、その人々と、例えばマルティン＝ブーバーや、フィッシャー家とはヘッセは親しくし、その人々を弁護した。

ところでヘッセのドイツからの収入が年々少なくなって来た。即ちドイツマルクをスイスの貨幣に交換することが難しくなって来た。ヘッセはそこでドイツの収入は二人の姉妹の使用にあてることにして、スイスでの文芸欄的な収入に頼らざるを得なかった。それでスイスの雑誌コロナに協力することになったがその収入は充分でなかったので、更にスウェーデンの文芸誌に時々最近のドイツ文芸の批評を書くこととなった。

チューリヒでゴットフリート＝ベルマンと会った後、ヘッセは晩春と夏をモンタニョーラですごして、この時にヘクサメーターの韻律で『庭園の時間』という優れた長詩を書き上げた。九月にはスウェーデンの雑誌に二度目のドイツ文芸の報告を書いた。トーマス＝マンの丁度出版された『巨匠達の悩みと偉大』をとり上げて、更にエードアルト＝カイザーリング、カフカ、ポールガル、コラング＝トゥラングのインドの書、ゲルトルート＝フォン＝ル＝フォール、エルンスト＝ブロッホ、シュテファン＝ツヴァイク、ジークムント＝フロイト、エッカーマンその他をとり上げた。その数週間後にヘッセはニノンと共にまたバーデンへの療養に出かけた。そして思いもかけないことが、丁度一九一五年のようなことが起こったのである。

厳しい年月　ナチスの雑誌である「新文学」がヘッセのトーマス＝マンの評価やフロイト、シュテファン＝ツヴァイク、エルンスト＝ブロッホを賞讃したことを非難した。

これに対してヘッセはまた彼の意見を表明した。もし彼が黙視していたなら、争いはそれほど大きくはならなかったろう。しかし事柄は意外な反響を引き起こして、ヨーロッパ全体に様々な波紋を広げた。この一九三五年から三六年にわたる時期はヘッセの晩年の最も厳しい年月となった。ヘッセは更に個人的な運命の悲劇に直面したのである。ヘッセとニノンは前述したようにこの九月毎年の例にならってバーデンに滞在していたのだが、その時を「選んで」弟のハンス＝ヘッセが自殺をしたのである。

ハンスは少年の時から絶えず圧迫される気持ちを持っていた。フリーダとの結婚の後落ち着いたように見えていたが、バーデンの会社の簿記係として、有名な兄がしばしば療養にくる町のその質素な位置から抜け出ることができなかった。しかも彼はその地位を失う危険を感じていた。ヘッセは彼の自殺の一〇日前に彼をホテルへ招いた。ハンスは自分をめぐる陰謀について兄に話して興奮していたが、話をするうちにしだいに落ち着いて来た。ヘッセが必要ならば新しい職場を探すことに手助けをしようと申し出たからである。二人は機嫌よく別れた。ところが一一月二七日、水曜日だったが、ハンスがいつもより早く家を出て、会社へ行っていないことが分かった。会社への抗議のために姿をかくしたのだと思われたが、妻フリーダは警察にとどけた。ヘッセもフリーダのそばにいたが、夜遅くホテルへもどった。フリーダは夜中灯火をつけていたがついに翌日自殺している彼が発見されたのである。その時にはエミー＝バルもホテルに客として来ていた。

この前の年の間にニノンは度々病気になった。ヘッセは老ナタリナに助けられて、しばしばニノンの世話をしなくてはならなかった。一九三六年秋、ヘッセの眼の治療のため二人はドイツへ行ったが、朗読の機会もしだいに減って、ヘッセはいよいよモンタニョーラに引きこもりがちだった。

ドイツの政局はこの間にいよいよ厳しさを加え、一九三五年にはゲッベルス宣伝相の命でフィッシャー書店はユダヤ系のフィッシャー家と出版社との分離を命ぜられ、社長のベルクマンはウィーンに居を移したが、一九三八年ウィーンもヒトラーに占領されるとスウェーデンに逃れねばならなかった。ズールカンプがフィッシャー書店の従来の仕事を引きついだので、ヘッセはズールカンプに頼った。ドイツにその読者を持っていたヘッセとしては、そうするほかになかったのである。

一九三八年から一九三九年にかけて、それまで外部的事情に妨げられていた『ガラス玉遊戯』がようやく前進して、「第一章召命」、「第二章ヴァルトツェル」が書かれた。この作品の執筆には多くの資料の研究が必要だった上、政情その他さまざまな影響が作品の制作にも影響を及ぼした。しかも戦争の勃発はヘッセの心を一層カスターリエンの理想国へ向かわしめたのである。九月に戦争が始まったときヘッセは初めてバーデンへも行かず、『ガラス玉遊戯』の理想国カスターリエンに専念した。しかしそれも長くは続けられなくなった。

理想国カスターリエン

戦争の進展につれて、友人達の疎開、親戚知人の安否、異父兄のテーオドーア＝イゼンベルクの死、ドイツにおけるヘッセの作品出版の頼みの綱のズールカンプの重病、老家政婦ナタリナが胃がんになり、やがて死ぬなど、ヘッセの周辺には事件と心配が絶えなかった。しかもこうしたさまざまな出来事の間に、『ガラス玉遊戯』の世界は現世の出来事とは対照的な弁証法的理念の世界を形造って行った。そして一九四二年四月三〇日、ヘッセはついに主人公ヨーゼフ＝クネヒトの最後の行を書き終えたのだった。

この二〇世紀最大の傑作の一つと称えられ、次第に全世界に愛読者を広げつつある大作は、まずヨーロッパ文化の伝統とそれがジャーナリスティックな現代に至って、その間相つぐ戦乱に疲れ果てた世界の人々が新しい文化国家カスターリエンを作り、そこでその象徴的遊戯であるガラス玉遊戯を作り出すまでの過程を、いわばヨーロッパの文化の発展を批判しつつ述べる序の章に始まって、主人公クネヒト（下男の意味、その国の最高の地位に達する者はその国の僕《しもべ》であらねばならぬ意味）がカスターリエンの学校に入学を許可されて、卒業後功績をあげてガラス玉遊戯名人になるが、カスターリエンの文化もすべての生物や有機体同様、その絶頂に達して、今や衰退に向かうことを感じると、その地位を捨てて、俗世間の有能な青年にその精神を伝えようとする物語である。殆ど全く女性の登場しないこの物語は、その精神的な発展の段階の諸所に誠に見事な精神的な輝きをちりばめている。そして最後に附け加えられたクネヒトの前世の履歴三篇は、ヘッセの中篇小説の中でも最も優れたものといってよい。

そしてこの作品には全篇にわたって西欧的伝統とその英知とに、東洋的神秘と英知とが見事に結合している。まさにヘッセの最後の大作として二〇世紀を飾る名作というべきであろう。

大作を書き終えたあとヘッセはニノンと共にバーデンへ行った。ニノンはヘッセの詩の選集の手伝いをすると共に、大作の最終節の念入りな仕上げを助けて、ズールカンプへ送った。

混乱の中で

七月にまたミアが倒れて、ルガノに近いサナトリウムに送られた。一一月、ミアの留守の間にアスコーナの彼女の家が全焼した。貴重なピアノ、ヴァイオリン、古い家具、衣類、下着のすべて、ヘッセがミアに送った手紙の一杯つまった書き物机、スケッチ、その他記念の品物すべて灰燼に帰した。しかし火災保険の支払いによって、前より小さくはあるが住居が建てられることになった。

ヘッセの原稿はなおベルリンに置かれたままになっていたし、ヘッセの書物は戦争が長びくにつれてその売れ行きが妨げられていたが、それでも相かわらず熱心な読者を、戦線の兵士達の間にさえ持っていた。一九四〇年にR＝J＝フムへ宛てた手紙の中でヘッセは一人の若い兵士のことを語っている。彼はベルギーで片脚に重傷を負い、その部隊から敵部隊の近くに置き去りにされ、もう絶望的だったが、突然ヘッセの詩の一節が思い出されると、それに力を得て、出血と傷の熱と敵の機関銃にもかかわらず、二キロメートルの距離のクローバの野を自軍の部隊へ這ってもどったのだった。

戦争時代の用紙の欠乏は書物を出すためには印刷の認可と用紙の配給とが決定的な要素だった。そしてヘッセの場合この二つとも認められなかった。しかもこの厳しい時に最悪のことが起こった。ドイツのヘッセの全収入はドイツの銀行に封鎖勘定として凍結されていたが、没収されてしまったのだ。

一九四二年五月、ヘッセが春の間バーデンでニノンと一緒に『ガラス玉遊戯』の第二部の校正を終えて、ズールカンプへ送ったときには、それでもこの作品がドイツで公刊され得ると考えていた。しかし「新展望」に試し刷りとして数章が印刷されたにもかかわらず、一九四二年がすぎ、四三年初めに政治情勢は一層尖鋭化して、ヘッセの小説は事実上拒否されたのである。ペーター＝ズールカンプは『ガラス玉遊戯』の原稿を著者に自ら返却して、詫びるためにモンタニョーラに旅行した。こうしてズールカンプは外国でのヘッセの版権をすべてヘッセに渡して、その結果スイスのフレッツ－ウント－ヴァスムート社がヘッセの全集を出すことになった。（この権利は一九五〇年の終わりになって再びズールカンプ社にもどされた）

一九四三年秋、『ガラス玉遊戯』がようやく発刊された。一方ドイツで独裁政治の色濃くなった一九四三、四四年、ヘッセのそれまで何とか許されていた書物が禁じられた。ただ詩集『生命の樹から』と無害な小説『昔の太陽軒で』（『流浪の果て』）だけが許された。

こうした状況は、ドイツのロシアへの侵入とスターリングラードの敗戦とを契機としてナチスのヒステリー的な敗戦前の混乱と狂気とを一層あおった。ヘッセは多くの消息の絶えた知友を案じた。ズールカンプも病気にもかかわらず四月に逮捕された。また知人の死の知らせも相ついだ。

ヘッセの収入はいよいよ乏しくなった。ドイツのヘッセの金は没収されたし、スイスでの収入だけが頼りだったが、『ガラス玉遊戯』のスイスでの公刊の収入は小遣い程度だった。幸いに富裕な煙草工場主のエーミール＝モルトが第一次大戦の時についでこの度もヘッセを助けて、彼が再び収入を得るまで当座信用クレジットで切り抜けさせてくれた。

その他はモンタニョーラの生活はいつもの通りだった。一九四四年春になって『ガラス玉遊戯』の批評が出始めた。しかしヘッセの姉妹がカスターリエンの中の、彼女たちにもふさわしい内面世界に心から賛成したのに対して、一般のスイスの新聞の批評はあまりに難しすぎるということだった。しかし普通の読者の場合にもこういう例がある。チューリヒのある理容師のことをR＝J＝フムが一九四四年一一月の手紙の中で述べている。その理容師は最近少なくともこの書物の一部を読んで、非常に魅せられ感激した。難しくていつも五、六ページしか読むことができなかったが、そのあとで書物を置いて読んだ所を熟考した。彼はカソリックの教育を受けていたので、僧院生活をよく知っていた。それでカスターリエンの生活がヘッセにとってどんなであったかを彼はじつによく同感することができたのである。フムはこのことに注釈をつけて述べている。「カスターリエンが実際に存在していて、あなたがそこにいたと信じているこの人はまさしく一〇分の一も正しくは理解していない。――しかもその人なりの素朴なやり方でこの書物に心からの満足を感じている人である。……言葉のよい意味で素朴に味わっている人である。無邪気にこの本を素晴らしいと思っている人である。」著者にとってはこれは嬉しい読者である。

『平和に向けて』

一九四五年五月、敗戦が宣言されたとき、ヘッセはバーゼルのラジオで『平和に向けて』という詩を朗読して、カスターリエンの世界のことを話した。その前にもヘッセは幾度かラジオ放送を行ってはいたが、この時に理想国の文化的価値が戦争を凌いだことを人々は実感したのだ。モンタニョーラの邸から、『ガラス玉遊戯』は平和の灯台のようにその最後の光を投げ続けていた。

戦争の終結と共に、かつてのバルト海沿岸のドイツ領地から、追われるドイツ人の避難が始まった。エストニアの祖父や父の縁戚への同情も心を動かした。しかしヘッセの心にはある安定感があった。事の成り行きを静かに見つつ、老いと死とへの準備ができていたのである。

円熟と晩年

リギにて

一九四五年七月二日はいつものように誕生祝いがあった。ヘッセの肖像を書くためにモルゲンターラーが滞在していたので、この機会にその夫人も来た。グンター＝ベーマーと二ヶ月前に結婚したその夫人もいた。その数週間後ヘッセとニノンは休暇の旅に今度はルツェルンの南の保養地のリギの冷泉へ出かけた。一六〇〇メートルの高地のそこから晴天にめぐまれて『リギの日記』に記されている素晴らしい眺めがあった。短い草の生い茂った、まるで編んで作ったマットの上を歩くように、早朝から夕方まで思うままに歩いたり休んだりして色彩や光や影の変化を楽しむことができた。「山々の連なりの岩や雪や、日に照らされた岩角や岩壁と雪との間の裂け目などの変化に」恍惚《こうこつ》として、ヘッセはそれを「一つの詩のリズムや句切り」のように感じ、心を奪われた。そして四五年前に、『ラウシャー』の日記の中に書いたフィッツナウや『ペーター＝カーメンチント』に書いた頃の夢中な、若々しい恍惚に対比した。

ヘッセはその弁証法的な書き方で、『ガラス玉遊戯』の終わりに同じ要素を結びつけたのだった。主人公ヨーゼフ＝クネヒトがその若い弟子の誘いに応じて氷のように冷たい湖に飛びこんだのもこうした日常生活の戦いから離れた高所の山の世界だった。ヘッセの優れた評伝を書いたフリードマンの言葉によると、リギの風景の記述の中で現在と過去とが重なりあうとすれば、この日記の終わりでヘッセはまた政治的概念によってこの二つを結合している。山と湖、現在と過去、この関係は歴史と生命の「男性的」秩序と「女性的」解決との間の対象として、それらを初めに描写しているように、日記の彼の観察の最後の章で、一九一九年即ち第一次大戦後の無秩序と一九四五年即ち第二次大戦後の無秩序とを対照して、『ガラス玉遊戯』の根本テーマを繰り返すのである。即ち『リギの日記』の終わりで、何よりも彼は戦後のドイツの状況を取り扱ったのだ。

ドイツからの訴え

ヘッセは日記の最後の締めくくりにこう書いている。

「郵便がいま時として稀にではあるが私を驚かせることがある。昨日もそれがあった。ドイツからの手紙である。これらの手紙はヒトラー政体の以前の信奉者からではなく、出来事について目覚めた眼をもっていて、深く不安を感じている証人たちからの手紙である。この人達は国民社会主義の権力支配と第二次大戦との年月に痛ましくも悩んだ人達で、自由な民主主義者、カソリック信者、更に最も多くの人たちは以前の社会主義者たちである。この人達は現在ヨーロッパで最も苦難を経た、最も成熟した、最も賢明な人達で、意識して、自分の意志によって、あるいは無意識に、本能的に、あらゆる国家主義からの完全な解放を試みたのである。

戦うフランス人、イタリア人、餓え苦しんだオランダ人或いはギリシア人、試練をうけたポーランド人、ひとまとめに拷問と死とに追いやられたユダヤ人、これらの人々は我々には考えられない悩みの中にも、あの一つのもの、即ち共通性、運命を共にする人であること、僚友、一民族、所属性を持っていた。しかしドイツの内部のヒトラー反対者やヒトラーの犠牲者達はそういうものを持っていなかった。もし彼らがすでに一九三三年より前に組織されていた場合には、すでに殺されていなかったとしたら、牢獄か強制収容所の地獄の中で皆消えて行ったのである。従って組織されていなかった善良な人々、理性ある人々のみが生き残ったのである。……スパイ活動、密偵、密告などで益々身動きできなく追いつめられ、最後には毒と嘘言の息もつけない雰囲気の中に生きて、民族の多数が怖ろしい、彼らには理解しがたい、意地の悪い陶酔に捕らえられているのを見たのである。この一二年にわたる不安の夢を生き永らえて来た人々の大多数は打ちひしがれて、再建に活動的に参与することはもはや不可能であろうと思われる。しかし、さしあたってはまだ起こったことと、それについて責任を取るべきこととを意識し始めていなかったその民族の精神的道徳的覚醒のために限りなく多く寄与することができるのである。その民族の倦み疲れた鈍感さに対して、目覚めていたすべての人々の場合には罪の問題を克服するためのひどく鋭敏な心がまえができているのである。

これらの本当に善良なドイツ人のすべての表現に共通な一つのこと、それは、やや遅くはあるがいま民主主義的な民族達からドイツ民族に向けられている——部分的にはこれらの論文やパンフレットは効果的に短縮されて占領軍によって宣伝されている——あの啓蒙的訓戒の調子に対する非常な敏感さである。このことはドイツの『共同責任』に関するカール＝ヤスパースとC＝G＝ユングの文章についても起こった。そして要するにこうした表明に対する耳を持っており、学ぼうとする心がまえができていると思われるドイツ民族の中の唯一の層が驚くほどの敏感さをもってそれに反応している。これらの説教は非常に多くのことで完全に正しい。ただそれが一般のドイツ民族には届かないのである。その代わりに良心がとっくに極度にさえている最も価値ある、最も高貴な層にとどいているのである。」

国家主義からの離分

この点についてヘッセはカール＝ヤスパースやC＝G＝ユングを正しく弁護することはできなかった。彼は親戚や友人たちが危険にさらされているときに安全な所に、自分の無事な家に住んで、この一〇年間怒り心配はしていても、直接の脅威や暴力を受けなかったのだ。どうして、悩み試された人々に向かって何かをいうことができようか、と述べている。

しかし、それにもかかわらず彼は、

「友人たちに忠告と励ましとをいうことができる。友人たちがほかのすべてのことで私よりもはるかにまさっていようとも、一つの点で私はこの友人たちよりも古い経験を積んでいる。即ち国家主義からの分離である。これを私はヒトラーや連合軍の爆弾のもとではなく、一九一四年から一九一八年までの年月（第一次大戦）の中で完了して、この分離の完了を繰り返し繰り返し検分したのである。それだから私はシュヴァーベンの友人たちに次のように書くことができるのである。『君たちの手紙の中で、私が全く理解しない唯一のことは、君たちの民族がその罪過に関して啓発しようとするある箇条に対する君たちの怒りである。私は君たちに本当に声を大きくして呼びかけたい、この崩壊が君たちに提供する僅かばかりの善を二度とゆるがせにするなと。当時、一九一八年に君たちは粗悪な憲法をもった王国の代わりに一つの共和国を持つことができた。そしていま君たちはこの惨めさの最中に、君たちが勝利者や中立者たちにまさっているあるものを、即ち発展と人間になることという新しいものを再び手にいれ、体験することができるのである。君たちは根本的にはすでにとっくに嫌っているすべての国家主義の妄想を見破り、それから解放されることができる。君たちはそのことを広範囲にわたって行《おこな》って来た。しかしそれでも十二分に広範囲にではなく、十二分に根本的にではなかったのである。なぜなら、もし君たちが君たちの中のこの展開を完全に実行していたならば、君たちはドイツ国民と共同責任とについて、全く言葉を違えて読みあるいは聞くことができるだろう。少なくとも君たちは自分たちが引きあいに出されていると感ずることなしにすべての国民たちの各々の侮辱と挑発とを読みあるいは聞くことができるだろう。この歩みを完全に終わりまで歩みなさい、そうすれば君たちは、君たち少数者は、君たち自身の国民にも、すべての他の国民にも、人間の価値に於いてまさっているであろう。道《タオ》に一歩より近くあることだろう。」

この考察を以て『リギの日記』は終わっている。しかしこの最後の思想過程は、三年間にわたるはげしい政治論争の幕あけとなった。ヘッセはその後の創作の代わりに政治的説明や観察論文を執筆したのである。

平和と反国家主義の政治に対する感情的な義務感は、一九一九～二二年のヘッセの活動と努力に対して明白な平行線を示している。しかし、第一次大戦のヘッセにとってその政治的義務感は彼の全体的文学創造の根本的な革新と——彼自身がそれを名づけたように一つの革命——と結びついている。しかし『ガラス玉遊戯』の完成後の年月にあっては、彼がすでに言葉で表現し、正しいと認めたことを固めねばならなかった。彼が第二次大戦後に書いたものは、ヨーゼフ＝クネヒト（『ガラス玉遊戯』の主人公）の目標を現実に進めて行くという試みとしてさえ位置づけることができよう。即ちカスターリエンの限界領域をつき破って、生きている歴史のさし迫った要請に答えようと試みた。

戦争中はヘッセは静かに日々の要求に従って、あるいは文学の生産に従っていることができた。しかし戦争が終わったいまは、文学的に形成した原則を自分自身の生活史の中でも明らかにする義務を感じたのである。そこで第一次大戦に関する政治的文章を集め、更に最近の文章を加え、一九四六年、『戦争と平和』と題して、自分の政治的考えを一部の非難に答えるために急いで出版した。それはヘッセが安全なスイスにいて、全体の混乱から退いたただの傍観者にすぎなかったのではないかという嫌疑に答えることと、もう一方ではナチスの政治と戦争とをただ沈黙したその態度によって支持したのではないかという疑いに対してであった。ヘッセは第一次大戦中に書いた書物の序文の中で彼を決定的に形成した三つの影響を説明していた。第一は敬虔主義的キリスト教的両親の家とその国際的精神、第二は偉大な中国思想家の英知、そしてそれに劣らずかつて彼が信頼と畏敬と弟子としての感謝の心を寄せていた唯一の歴史家ヤーコプ＝ブルクハルトの影響であった。

「ゲーテの名に於いて」　ところでその前年の一九四五年一〇月に面倒な事件が起こった。ヘッセのシュヴァーベンの友人達が、アメリカの占領軍が出したシュトゥットガルトの新聞にヘッセの『平和に向けて』という詩が最後の二行を抜かして印刷されていることを報じて来た。これに対してヘッセが不用意に「野蛮な行為」と抗議したことから、しかもそのアメリカの担当者が、挑戦的な反応を示して、ヘッセがテッシンに隠棲して安全に暮らしていたと非難したことから事件が大きくなった。スイスの新聞まで巻きこむ騒ぎになった。ヘッセの憤激の手紙でトーマス＝マンを初め多くの人が動いて、ついにはアメリカの当時の大統領トルーマンまで動かす騒ぎになった。

しかしこの騒ぎも一九四六年八月のフランクフルト－マイン市のゲーテ賞の授与、更にノーベル賞授与の知らせのもとにかすんでしまったのである。フランクフルトのゲーテ賞授与にはニノンが出席してヘッセにかわって受賞した。これはヘッセにとってドイツからの初めての文学的評価であった。この機会にヘッセはやや長い受賞の挨拶を書いた。これに続くノーベル賞受賞の挨拶に比べてはるかに長い文章だった。それは彼がそもそもこの賞を受けとることができるかどうかということで最初ためらったことを述べることから始まった。賞を受けることによってひょっとしたら彼が公式のドイツと、――戦争の年月彼の生涯の作品を彼から奪いとった国と、平和を結んだという印象を引き起こしはしないだろうかというだけにためらったのである。しかし彼は結局違った考え方をした。それは賞を与えることに協力した委員会とドイツの後世の人々に、ヘッセが今日の人類の怖ろしい状態に対して責任があるとした二つの大きな精神的疾病、即ち技術と国家主義という誇大妄想に対して、このようにしてより効果的に警告するためである。この二つの世界病にゲーテの名に於いて闘いを宣言するために自分は賞を受けとることを納得したのである、と彼は書いて更にこういうのである。この賞を受けることは、

「もともと過度に疲労した老人にとっては厳しい重荷であるだろう。更には公式のドイツ国との一種の和解の様相を呼び覚ますことがあり得るだろう。しかも、私に二度までも非常に厳しく破産を宣した国から、そして私が委託した生涯の作品を私から奪った国から、こうした賞の形で一

種の謝罪或いは補償を受けとるということは、それ自体誤ちであり、グロテスクでもあるだろう……。

こうした様々な最初の思い付きが意識されるや否や、同様にそれとは反対のよい理由もいくつか現れたのです。この栄誉は最早存在しなくなったあのドイツから私に提供されたものではなくて、よく民主化された、ユダヤ的な文化をもった、愛する古い都市フランクフルトから……ほんの一時勝利をおさめはしたが、しかし決してこの世から消えはしないあの熱狂的な国家主義者の人々を敵とするであろうことをたしかに心得ているある委員会から贈られるものであるということ。」

ヘッセは最後に次のような希望を述べてこの謝辞を終えるのである。

「そして私達の瀕死のヨーロッパは、その指導的活動的役割を完全に断念した後に、怖らくは再び、高い価値を担ったある概念、一つの静かな溜池、非常に高貴な思い出の宝、魂の避難所となるでありましょう。私の友人達が私と共にこれまで、『東方の国』という魔術的言葉を用いて現して来た意味のようなことで。」

「平和と和解に仕える」

続いて、トーマス＝マンの推薦と支持によって、ノーベル賞の授与の決定が知らされた。ノーベル賞授与はヘッセ個人にとってのみならず、当然ヘッセの所属するドイツ文学全体にとっても誇るべき栄誉だった。しかしヘッセはすでにこれまでに繰り返し幾度もノーベル賞に指名されていたのである。そしてそのたびにストックホルムのドイツ公使によって妨害されていた。

さてしかしヘッセ自身は、ノーベルの誕生日にあたる一二月一〇日の授与式には出席できなかった。この数年国家社会主義によって加えられた様々な圧力とヘッセ自身の精神的疲労と持病とによって到底ストックホルムまで盛儀に参列し得ない事情を述べて、ゲーテ賞受賞の際の手紙に比べてはるかに短い謝辞を送って、それが受賞式に朗読された。

ヘッセはその謝辞の中で、精神的圧力と病気とにもかかわらず、精神的には自分が「くじけていない」こと、そして「精神の超国民性と国際性、そして戦争と破壊とにではなく、平和と和解に仕える」ノーベル財団の精神に自分が結ばれていると感じていること、また彼に与えられた賞が「同時にドイツ語と文化へのドイツの貢献とを承認することを意味し」、「あらゆる民族の精神的協同作業への道を開こうとする和解とよい意志とを」示していることを述べ、大きな簡略化の「敵」として、「品性、完成、非模倣の愛好者」としての、感謝に充ちた客であり同僚である彼ヘッセが、スウェーデン国と「その言語と文化、その豊かな誇らかな歴史、自然な特性の維持と発展に於けるその抵抗力」に敬意を表している。そしてこれらの言葉がノーベル賞授与の宴会の際に読み上げられたとき、ヘッセはすでに一〇月末以来の臨床の治療を受けていた。一九四六年一〇月二六日、ヘッセはニノンと共にまずベルンに三男のマルティンとその妻とを訪ねた後、マックス＝ヴァスマーの車でスイスのフランス語圏ニューシャテルに近い、マリンの療養所に関節炎の治療のために向かった。

一二月一〇日のノーベル賞授与の日、ヘッセはニノンと共に、思いがけず主治医リッゲンバッハのはからいで見事な祝賀と祝宴とを受けたのである。様々な趣向をこらしたこの祝宴の間、ヘッセは一瞬彼がそのためにこの療養所に来た関節炎を忘れたほどに喜んだ。

発病　一九四六年にマリンに滞在していた間にヘッセは最初の一種の深刻な虚脱状態の予徴を感じていた。それをあまり重要でないことに対する怒りのせいにしていた。彼はドイツの出版社達が争って彼を利用し尽くそうとしているのを感じて腹をたてていたのである。ナチスの時代には彼らはヘッセから遠ざかっていたのに、今や賞を受けたヘッセに群がって、その許可を受けもせずにその著作を印刷した。「ドイツの出版社達の態度がこの二年来私の衰弱にどれ程貢献したか、いうことができない」と彼は友人への手紙に書いた。「我々はここスイスでドイツの困苦を和らげようとして我々の仕事や我々の力と心配の大部分を捧げている。それなのにその答えとして私たちの懐は空になるほど盗まれている。……誰一人として私のためにごく僅かな力も尽くしてくれなかった。」その代わりにおびただしい手紙がドイツから押しよせて来た。全く以前の調子で、「ドイツ国民は全く無実で、どれ程我々は連合国に批判と嫌悪とを向けずにはいられないか」

と書かれているのである。

一九四七年五月ヘッセは車でローザンヌに運ばれ、診断は多発性関節炎とされ、注射によって治療された。それはしかし実際は出血性白血病の初期の段階だったのである。

「精神に仕える」作家として

七〇歳の誕生日は、ベルン大学が名誉博士号を贈るというので、ベルンのブレームガルテン家で行われることになった。しかし博士号の件は八月にのばされて、誕生日はモンタニョーラで質素に行われた。ベルン大学の名誉博士号授与もノーベル賞同様すでに一〇年来の懸案だったのである。

夏の終わりに、ようやく外国への旅行を許されたアディスがモンタニョーラに来てヘッセの面倒を見た。ニノンはしばしば工合が悪かった上に、ヘッセのことで旅に出なくてはならなかった。

一九四七年七月二日の七〇歳の誕生日は、ズールカンプ社から七巻のヘッセ全集が刊行されたため、ヘッセの喜びは特に大きかった。

ヘッセの全集が出版されて、ヘッセの財政もようやく他人の助けを必要としなくなった。住居も拡張され、ニノンは車を買って、度々ヘッセを遠乗りにつれ出した。この年トーマス＝マンが家族と共にしばしば訪ねて来て、近くのホテルーベルヴュに居住したので、ヘッセ夫妻は度々そこで一緒に食事をした。訪問客も多く、手紙は洪水のようであった。一九五三年には晩年の二冊の詩集が出た。ヘッセの生活は落ち着いたが、しかし一九四九年に姉アデーレ（アディス）がついに死んだ。一九五五年ドイツ書籍販売業の平和賞を受けるために、ニノンがフランクフルトに出かけた。雑誌「三月《メルツ》」以来の友人で後に西独の初代大統領になったテオドール＝ホイスも臨席した。その二年後にズールカンプはヘッセの全集の増補版を出して、その出版記念にマルティン＝ブーバーが公の讃辞を発表した。その終わりを彼は次のように結んだ。

「ヘルマン＝ヘッセは、精神と生活との間の矛盾について、そして自分自身に対する精神の争いについて物語るということによって、精神に仕えた。まさにそのことによって新しい全体性と統一とへ導き得る、障害の多い道を目に見えるようにした。彼は現実にある人間として、必要な時には、いつでも人間の本質の全体性と協調を擁護するということによって奉仕を行って来たのである。――東方の国への旅人とガラス玉遊戯者だけが今日全世界で、ヘルマン＝ヘッセよ、きみに挨拶を送るのではない。精神に仕える全世界の人々が声をそろえ、君に愛の大きな挨拶を呼びかけるのである。人が精神に仕えるところではどこでも君は愛されるのだ。」

ヘッセの晩年の作品のもつ精神的使命を誠によく示現し称えた言葉である。

静かな日々

ヘッセの生活は老いの静かなテンポに移って行った。

一九五四年五月以来ヘッセの眼が悪くなっていて、庭仕事の楽しみさえもできなくなった時期があった。

一九五九年にはペーター＝ズールカンプが死んだ。その他多くの同年輩の友人たちがこの年代に死んでいた。

ヘッセの最後の日々のことはニノン夫人が詳しく書いている。

ヘッセと愛猫

既に書いたように、一九四六年に、ヘッセはマックス＝ヴァスマーの車でベルンからニューシャテルに近いマリンの療養所に関節炎の治療に赴いている。ところがここに滞在していた間に最初の一種深刻な虚脱状態の予徴を感じている。一九四七年五月には車でローザンヌに運ばれ、診断は多発関節炎ということで、注射による治療が行われた。しかしじつは出血性白血病だったことは既に書いた。今日の医学ならば最初の診断でそれを見つけていたかも知れない。出血性白血病は、ただ輸血によってのみ、その時々の疲労を回復し、元気づけることができたのである。私が詩人に手紙を差し出したのはたしか一九四七年の秋頃だったと思う。どの便りにも、いつも病気で、ひどく疲れる、ということが書いてあった。一九六〇年に私がお訪ねした時は庭仕事をしていて、元気そうだった。幸いに詩人を父のようにうやまい、子のように愛したすばらしい医師の、注意深い、落ち着いた、明晰な処置に詩人は安心して身を委ねていたのである。

病気が危険な徴候を示し出したのは一九六一年一二月以後のことだった。一二月一四日に悪性の感冒におかされたが、八日後にはかなりよくなって夫人を一安心させた。しかしクリスマスに夫人に贈られた詩には、既にすべての地上的なものからの解放の願いがこめられていて、夫人をいたく驚かせた。その詩の終わりの節はこう歌われていた。

つばさを拡げて飛び立ちたい、
私を取り囲んでいる束縛から脱れて。
きょうもなお私に輝いて見える、
あの遠い黄金の時代へと。

詩人を失った夫人の心には「横たわって休んでいずに……無限の中へ旅立ちたい……」とも歌われているこの詩は、言い尽くし難い陰影をもって思い出されることであろう。

「もうひと夏を もうひと冬を」

詩人が亡くなったのは、翌一九六二年八月九日で、その一ヶ月程前の七月二日は、詩人の八五歳の誕生日だった。その祝いは三日にわたって、楽しく晴れやかに行われた。

七月一日の日曜日には、ベルン市の市民権を持っていた詩人に、永年住みついていたモンタニョーラの自治体が名誉住民の称号を贈った。その前の日の土曜日には、管弦楽団が詩人のためにセレナーデを奏した。どちらの場合も詩人はイタリア語で短い挨拶を述べた。誕生日の二日にはゴットハルトのブレームガルテンの城に、その城主の主催で近親者と二、三の友人とだけの祝宴が開かれた。夜モンタニョーラに帰った詩人はラジオの祝辞を聞いて、大変喜んでいたそうである。例年ならば誕生日のあとすぐ景勝地シルスーマリアへ行って休暇を過ごすのだが、医者はモンタニョーラに止まって、余り自分の手から離れないように求めた。夫人は、シルスーマリアへ行けないことで、詩人がひどく不機嫌になりはしないかと怖れたが、詩人は快活で、不平をいわなかった。実際この頃の詩人は、これまでになく生活に対して欣然《きんぜん》たるものがあったそうである。

七月一三日に、長男のブルーノーが訪ねて来て、父ヘッセの求めで、ドライヴに出かけ、一三〇〇メートルの高さのモンテーシギニョーラへ行った。そこは湖や山々へ美しい眺望が開け、詩人はいっさいを、じつに鋭く、鷹のように見つめた。頂上に達した時には、美しい眺めに恍惚として我を忘れたほどだった。夫人は詩人がこれほど喜ぶなら、もう一度つれて来てあげようと考えた。しかしついにそれは果たし得なかった。

もう非常に疲れ易くて、歩行が長くはできなくなった。庭園の短い散歩がせいぜいだった。午後おそく、または夕方、詩人はテラスに横たわり、夫人がものを読んであげた。愛猫がそばにいた。詩人は時々お喋りをし、あたりを眺めた。じつに鋭く、精密に、白樺の枝にたわむれる風や、夕べの雲や、アジサイの花の色の変化などを話した。きょうちくとうや糸杉の美しさを賞で、昇ってくる月や星に語りかけた。夫人は詩人の心が以前よりも一層この世に向けられていることを感ぜずにはいられなかった。いまにして思えば、詩人は既に別れを告げていたのである。

死の二、三日前に、同年輩の友人が、特別に病気というのではなくて、眠っているうちに死んだ。すると詩人はひどく感心して、「これは素晴らしい」と大声でいった。夫人は彼も同じような死に方を望んでいることを感じた。

八月八日、詩人の死の前日であるが、詩人は夫人と共に、朝、庭に続く森へ行った。彼は歩きながら、庭でたき火をするために木ぎれを拾い集めるくせがあったが、この朝も立ちどまって、これまでも度々通りすがりに折りとったことのある一本のニセアカシアから、また一本の枯れ枝を折りとった。「まだある」と彼はその時つぶやいた。

午後には、ヘッセの小説『ゲルトルート』（孤独の

庭園のヘッセ夫妻

魂）をフランス語に翻訳した女の客が訪ねて来た。彼はこのひととサルトル、カミュ、ベケット、あるいはもう少し古い作家など、現代フランス文学について元気に話しあった。

夜、夫人は自分の部屋の机上に、ヘッセの新しい詩を発見して驚いた。

　脆く折れた枝のきしる音――

折れたもろい枝
もういくとせも風にゆられつつ
乾いた歌を歌っている。
葉も落ち、皮もはげ、
つやもなく、こすれ、あまりに長い生と、
あまりに長い死に方とに倦み果てて。
その歌はかたくなな、辛抱強い響きをもつ、
不安をひめて、さからうように鳴る。
もうひと夏を。
もうひと冬を。

詩人は、もう生きようとは思っていなかったのか、と夫人は思った。しかし前の一九六一年のあの詩と違って、それでも彼は生きようとしている、と夫人には思われた。階下へ急いで下りた夫人の、「きょう出来たのですか」という問いに、「八月一日に書いた。しかしきょう仕上がったのだ」と詩人は答えた。夫人が「一番美しい詩の一つです」というと、詩人はほほえんで、「それはよかった」と答えた。

その夜も夫人はいつものように、詩人のために書物を読んだ。おそく、ラジオで、詩人はモーツアルトのピアノソナタを聞いた。ハ短調の七番、ケッヘル三〇九番だった。翌朝、八月九日、詩人は睡眠中に、一種の脳出血で亡くなっていた。

ヘツセの墓碑

ニノンの死

詩人の遺骸はモンタニョーラに程近いサン-アボンディオ教会の墓地に八月一一日葬られた。

ニノン夫人は翌一九六三年八月二〇日づけの私宛の手紙にこう書いている。

「……今年、私は暑さを恐れて、七月二五日に車で山へ行きました。そして主人の命日と埋葬の日にはグラオビュンデンにいました。しかし私はこんなことはもう二度としないでしょう。こういう日に――特にヘル

サン－アボンディオ教会の墓地

マン＝ヘッセが最後に生きていた八月八日に、家にも、森にも、墓地にもいないということは、私にとって怖ろしいことでした。けれども、これらの日々を私は心をこめて、ありありと思い起こしました。そして特に八月八日は、完全に『夫と共に』すごしました。……」

夫人の話によると、詩人の死後、その愛猫は家中や庭の中、しきりと詩人を探しまわっていたそうである。場所に執する猫には珍しいことに思える。

夫人は一九六六年九月二三日の朝、心臓麻痺又は血栓《けっせん》症で突然亡くなった。たまたま亡くなったあとに夫人の最後の手紙が私にとどいた。それには、ヘッセの新しい書物の校正をしていること、九月二九日にフランクフルト－アム－マインで書籍市が始まるので、その前に出版したいこと、その一部を書店から私に送らせることなどが記されてあったが、さらに続けて次のように書かれてあった。

「……ヘルマン＝ヘッセの最後の日だった八月八日にはまたモンタニョーラにいました。この日とそれに続く日々とを思い出すことはまたもやじつに辛いことでした。当然のことであるその悲しみから非常に強い抑鬱の感情に捕らえられて、それが殆ど三週間も続きました。それからのち、初めて私はまた立ち上がって、生き続けることができました。……」

夫人の遺骸はヘッセの墓地に、夫の墓のそばに葬られた。

――完――

あとがき

本文中の発音について少しく説明をしておく。
一、まずヘッセの生まれ故郷の *Calw* の発音であるが、これはカルフ・カルブ・カルヴ・カルプと四種の発音が可能である。辞書などの標準発音はカルフである。元来がラテン語の木のないはだかの土地という意味の語で、ラテン語の *w* はドイツ語の *v* に通ずるところからカルフという発音が標準語にされている。しかし *w* だからヴというべきだというのはドイツ文学図書館長ツェラー博士の強い主張である。しかしヘッセの幼な友達であったパウル＝オルプのざれ歌に「*Calw* はいつまでも仔牛（*Kalb*）ではいないだろう。やがて大きく発展する」というのがある。仔牛はカルプである。ということは元来カルプと発音されていたのだろう。実際にホテルの食堂で出会った町の人四、五人に四つの発音のうちどれが正しいかと発音符号で書いて聞くと、カルフをさす。それでは実際に発音してみてくれというと、三、四人全部の発音が私の耳にはカルプと聞こえる。このあたり、シュヴァーベンの山国の人達の発音はフがプに聞こえるのである。それでオルプのざれ歌の例にならってカルプとした。これについては拙著『へルマン＝ヘッセをめぐって——その深層心理と人間像』（三修社刊）に詳しい説明をしておいた。

二、ヘッセの最初の夫人となったマリーア＝ベルヌリ（*Bernoulli*）の発音はドイツの発音辞典にはベルヌリとなっている。しかし岩波の『外国人名辞典』にはベルヌイと出ているそうである。詩人の二男で、ヘッセの遺稿の整理その他にあたっているハイナーに念のため聞いて見たら、生粋《きっすい》のバーゼル人ならば（*Bernoulli*家はバーゼルの旧家）、ベルノリと発音するが、一般の人はベルヌリと発音するという。それならば生粋のバーゼル人でない我々は、この際は発音辞典をたててベルヌリにしておこうと思うわけである。

三、ヘッセの友人で、画家の *Louis Moilliet* の発音である。スイスのフランス語圏の人であるから、普通にフランス語流に読むとルイ＝モアリエとなりそうであるが *ll* という綴りはくせ者で、現に *Bernoulli* をベルヌイという発音が辞書に出ている所から見ると、モアイエという発音ができそうである。しかしハイナーはルイ＝モイエと知らせて来た。モイエよりモアイエとなりそうな気がするが、一応ハイナーの説に従うことにする。

四、その他例えばカーメンツィント、ミュンヘンなどは一般に日本語流のカーメンチント、ミュンヘンとした。ベートホーフェンも従ってベートーヴェンとした。

五、参考文献としては多くを参照したが、フーゴー＝バルは基本になったが、新しい事実関係についてはフリードマンの著書による所が多かった。色々と論ずべきことも多いが、紙数の制限があるので、主要なこと以外はすべて省略せざるを得なかった。しかしヘッセの本質的な人と思想については述べることができたと思っている。

ヘルマン＝ヘッセ年譜

西暦	年齢	年譜	参考事項
一八七七		7・2、南独シュヴァーベン州ヴュルテンベルクの小都市カルプ(*calw*)に牧師ヨハネス＝ヘッセと妻マリーとの間の第二子として生まれる。	ヴィクトリア女王、英印帝国成立によってインド女王宣言。露土戦争起こる。大阪‐京都間鉄道開通。トルストイ『アンナ＝カレーニナ』完結。
七九	2		イプセン『人形の家』
八〇	3	妹マルラが生まれる。	ケラー『緑衣のハインリヒ』
八一	4	この年より一八八六年まで両親と共にバーゼルに移る。父はここの伝道館の仕事に従う。	ドストエフスキー、カーライル死す。
八二	5	弟ヨハネス(愛称ハンス)生まれる。ヘッセはこの頃即興詩のようなものを作る。	イプセン『民衆の敵』ロングフェロー、ダーヴィン死す。
八三	6	父ヨハネス＝ヘッセ、スイスの国籍を得る。	ニーチェ『ツァラツストラ』ヴァーグナー、マルクス、ツルゲーネフ死す。
八四	7	新島襄がバーゼルの伝道館にヘッセの両親	秩父事件。

		を訪ねる。	ドーデ『サッフォー』 ユーゴ死す。
一八八六	9	一家カルプにもどる。13歳までカルプの学校で学ぶ。	ニーチェ『善悪の彼岸』
九〇	13	神学校受験準備のため、ゲッピンゲンのラテン語学校入学。	第一回衆議院選挙。 森鷗外『舞姫』
九一	14	神学者となるため、シュヴァーベンの国家試験を受けて合格。このためヴュルテンベルクの国籍をとり、秋、マウルブロン神学校入学。	ハウプトマン『寂しき人々』 ヴェデキント『春のめざめ』 幸田露伴『五重塔』
九二	15	春、神学校を脱走、退学。シュテッテンの精神療法をする牧師ブルームハルトの所にあずけられるが、自殺未遂。シュテッテンのシャル牧師の指導を受け、やや落ち着く。	カール=ブッセ『詩集』 ゲオルゲ『芸術草紙』創刊。 ハウプトマン『織工』 ルナン、ホイットマン死す。 森鷗外『即興詩人』『水沫集』
九三	16	カンシュタット高校入学、1年足らずで退学。エスリンゲン書店員となったが3日でやめ、父の助手としてカルプ出版協会で働く。	ドイツ軍拡張案通過。 エジソン、活動写真発明。 シュニッツラー『アナトール』 ワイルド『サロメ』 テーヌ、モーパッサン死す。

一八九四	17	6月、カルプのペロット工場の見習い工となり、塔の時計の歯車を磨く。	ドレフュス事件。アメリカの国富世界一となる。日清戦争。11月旅順陥落。
九五	18	秋に時計工場をやめて、テュービンゲンのヘッケンハウアー書店の見習い店員となり、ゲーテ、ついでドイツ＝ローマン派文学を読み、詩や散文を書き始める。医学生フィンクと親しくなる。	日清戦争終了。仏・露・独の三国干渉。ドイツ海軍拡張。レントゲン、X線を発見。ジーゼル、重油機関を発明。
九九	22	最初の詩集『ローマン的な歌』ついで『真夜中すぎの一時間』を出版。リルケに賞讃される。秋、バーゼルのR＝ライヒ書店の助手となり、販売及び古書部担当。	ハウプトマン『馭者ヘンシェル』リカルダ＝フーフ『浪漫主義の開花期』チェホフ『伯父ワーニャ』マラルメ『全詩集』
一九〇一	24	バーゼルから最初のイタリア旅行に出る。『ヘルマン＝ラウシャー』をライヒ書店から出版。	ロシア全土に社会不安。ノーベル賞第一回授賞。マン『ブッデンブローク家の人々』チェホフ『三人姉妹』
〇二	25	『詩集』をカール＝ブッセ監修の『新ドイツ抒情詩人』中の一冊として、グローテ書店より出版。バーゼルの牧師ラロッへの	ハウプトマン『哀れなハインリヒ』リルケ『形象詩集』マン『トリスタン』

		令嬢エリーザベトへ献上。 4・2、母マリー死す。	ジッド『背徳者』 正岡子規『病状六尺』この年に死す。
一九〇三	26	書店を退職。第二回イタリア旅行。 ベルリンのフィッシャー書店を知る。	デーメル『二人のひと』 マン『トニオ=クレーゲル』
〇四	27	『ペーター=カーメンチント（郷愁）』をフィッシャー書店から出版。一躍文名をあげる。『ボッカチオ』『アッシジの聖フランシス』をシュスター=ウント=レフェラー書店より出版。 9歳年上のマリーア=ベルヌリと結婚、9月、ボーデン湖畔ガイエンホーフェンの農家に住む。	日露開戦。バルチック艦隊東航。黄海海戦、二〇三高地占領。 チェホフ『桜の国』　チェホフ死す。 ロマン=ロラン『ジャン=クリストフ』
〇五	28	長男ブルーノー誕生。 医学士フィンクもガイエンホーフェンに移転。	露、第一次革命。旅順開戦。樺太占領。 夏目漱石『我輩は猫である』 上田敏『海潮音』
〇六	29	『車輪の下』をフィッシャー書店より刊行。 中短篇、随筆など盛んに執筆。	リルケ『時禱集』　イプセン死す。 島崎藤村『破戒』 夏目漱石『坊っちゃん』『草枕』
〇七	30	中短篇『此の岸』刊行。 エルレンロー河畔に家を新築。	万国平和会議、ヘーグに開催される。 足尾銅山スト。

一九〇八	31	此の年から一九一二年まで、半月刊誌「三月《メルツ》」の編集委員の一人となる。 短篇集『隣人』刊行。	リルケ『新詩集』　田山花袋『蒲団』 二葉亭四迷『平凡』夏目漱石『虞美人草』 ロンドンにて国際海軍会議。 島崎藤村『春』　夏目漱石『三四郎』 永井荷風『あめりか物語』
〇九	32	二男ハイナー誕生。 朗読旅行の後、ブラウンシュヴァイクにラーベを訪問。	マン『大公殿下』　ジッド『狭き門』 リルケ『マルテの手記』 坪内逍遙『シェイクスピア全集』
一〇	33	音楽家小説『ゲルトルート』刊行。	トルストイ、ビョルンソン死す。 島崎藤村『家』　谷崎潤一郎『刺青』
一一	34	三男マルティン誕生。 詩集『途上』刊行。メーリケ詩集編集。 画家ハンス＝シュツルツェンガーと共にいわゆるインド旅行――シンガポール、南スマトラ、セイロン――をする。	ドイツ軍事拡張案通過。 アムンゼン南極到達。 中国革命。 幸徳秋水死刑。
一二	35	一家をあげてスイスのベルンに移住。画家アルバート＝ヴェルティ夫婦の死んだあとの家に入る。 中篇小説『まわり道』刊行。	ハウプトマン、ノーベル賞受賞。 ストリンドベルク死す。 リカルダ＝フーフ『ドイツの大戦争』 島崎藤村『千曲川のスケッチ』 夏目漱石『彼岸過迄』『行人』

一九一三	36	『インドから』刊行。	中国第二次革命。孫文ら日本へ亡命。
一四	37	画家の結婚破綻の小説『ロスハルデ』刊行。 第一次大戦が始まり、ヘッセはベルン領事館に兵役検査のため出頭したが、健康が兵役に不適当として免除される。ベルンの「ドイツ捕虜保護機関」のため献身的に奉仕、慰問新聞・図書の刊行、発送のため働く。しかし、極端な愛国主義的言辞に反対する考えを発表、平和主義を唱え、『おお友よ、その調子にあらず』の後、更に『再びドイツに』を発表するやドイツ全土の新聞によって売国奴と罵られ、新聞雑誌からボイコットされる。ロマン=ロランから「ゲーテ的態度」と賞讃の手紙来る。	第一次世界大戦。日本、ドイツへ宣戦。膠州湾占領、南洋群島占領、青島占領。 ジッド『法王庁の抜穴』 泉鏡花『日本橋』 夏目漱石『心』 高村光太郎『道程』
一五	38	『クヌルプ』、小品集『路傍』、詩集『孤独者の音楽』刊行。 ロマン=ロラン、ベルンに来訪。これより二人の間に終世にわたり親密な文通。	ドイツ、パン切符制。無警告撃沈。毒ガス使用。 イタリア、独墺伊三国同盟より脱退。 大正天皇即位式。
一六	39	父ヨハネス=ヘッセ死す。末子マルティン	フロイト『精神分析入門』

		の重病、妻の精神病の悪化と入院。ヘッセも重なる苦悩のため、ルツェルンのゾンマット療養所で精神医ラングの治療を受ける。 『青春は美わし』刊行。	カフカ『変身』『判決』 カイザー『朝から夜まで』 倉田百三『出家とその弟子』 永井荷風『腕くらべ』 夏目漱石『明暗』 森鷗外『高瀬舟』 夏目漱石、上田敏死す。
一九一七	40	『デーミアン』を数ケ月で書き上げる。	ロシア革命。 米国、ドイツに宣戦。フィンランド独立。 有島武郎『カインの末裔』
一八	41	「ドイツ捕虜文庫」22冊を慰問文庫として編集刊行。	6月、キュールマン、ドイツの戦勝不可能を宣言。7月、独軍最後の総攻撃。 コンビーニュにて休戦条約調印、午前11時効力発生。平和の鐘鳴り響く。
一九	42	『デーミアン』をシンクレーアという匿名で発表。大好評。フォンターネ賞を贈られるが、9版からヘッセの名を出し、賞を辞退する。『メールヘン』『ツァラツストラの再来』(初めは匿名) 随想集『小さな庭』刊行。 「*Vivos Voco*」(生あるものを呼ぶ——新	6・22、講和条約無条件受諾を最後通牒として独に強制。28日、ヴェルサイユ宮殿鏡の間にてヴェルサイユ条約成立。 国際連盟規約成り、英米仏軍事援助協定生まれる。7・14、パリにて凱旋式。 モスクワで第三インターナショナル(コミンテルン)結成。

		しいドイツ精神のための雑誌）を一九二三年まで、捕虜収容所長のリヒアルト＝ヴォルテレクと共に刊行。ルガノ郊外モンタニョーラに一人住む。水彩画を書き始める。	ジッド『田園交響曲』 有島武郎『或る女』 菊池寛『恩讐の彼方に』
一九二〇	43	『さすらいの記』、小説『クリングゾルの最後の夏』刊行。『画家の詩』自筆の水彩画を入れる。『混沌を見る』刊行。ダダイズムの創始者フーゴー＝バル夫妻と親しむ。	1月、国際連盟成立。ヒトラー、ミュンヘンにてナチス綱領発表。尼港事件。 ボルヒアルト『青春詩集』 コレット『シェリー』 プルースト『ゲルマントの方』 デーメル、岩野泡鳴死す。 菊池寛『真珠夫人』山本有三『嬰児殺し』
二一	44	『詩選集』刊行。テシーンの11枚の水彩画刊行。	ワシントン軍縮会議。 世界経済の中心がアメリカへ移る。 ナチス突撃隊結成。 広東に新政府、孫文総統へ就任。 足尾銅山スト。原敬暗殺。 志賀直哉『暗夜行路』
二二	45	『シッダルタ』刊行。『風変わりな物語』6冊を編集刊行。その中に『日本の物語』	ドイツ外相ラテナウ暗殺。マルク相場惨落。各地にスト。

		1巻がある。	カロッサ『幼年時代』 リルケ『オルフォイスのソネット』 デュ=ガール『チボー家の人々』 ロラン『魅せられたる魂』
一九二三	46	『シンクレーアの備忘録』刊行。 この年マリーア夫人と正式離婚。スイスの国籍をとる。座骨神経痛とリューマチのため、チューリヒに近いバーデン温泉で湯治。この後毎年(特に秋)バーデンに通う。	パリ連合国会議。 ドイツマルク暴落続く。ザクセンに共産党政府。ミュンヘンに暴動。ヒトラー指揮。 関東大震災。大杉栄殺される。有島武郎自殺。『文芸春秋』創刊。
二四	47	女流作家リーザ=ヴェンガーの娘ルート=ヴェンガーと結婚。	カロッサ『ルーマニア日記』 マン『魔の山』カフカ死す。
二五	48	『湯治客』『ピクトルの変身』刊行。 この年からヘッセの著作は単行本の著作集の形でフィッシャーから順次出版される。 ヘルダーリーンとノヴァーリスの著作を編集して公刊。 秋、南ドイツを朗読訪問し、その後ミュンヘンにトーマス=マンを訪ねる。	12月、ロカルノ条約調印。独、ラインランドを放棄し連合国管理に移す。 伊、ファシスト内閣成立。 ヒンデンブルク大統領当選。 ソ連、トロツキー解任、スターリン体制確立。 カフカ『審判』
二六	49	『風物帖』(絵本)刊行。	ムッソリーニ、イタリア首相となる。

		プロシアの芸術院会員に指名される。	社会民主党、日本労働党成立。 カフカ『城』　ジッド『贋金づくり』 島崎藤村『嵐』　武者小路実篤『愛欲』 リルケ、島木赤彦死す。
一九二七	50	ルート＝ウェンガーとの生活がうまくいかずついに離婚。 『荒野の狼』『ニュールンベルクの旅』刊行。 50歳を記念してフーゴー＝バルの『ヘッセ伝』刊行。バル死す。	ジュネーヴの軍縮会議決裂。 南京政府成立。 張作霖大元帥就任。 ハウプトマン『ティール-オイレンシュピーゲル』　ハイデッカー『存在と時間』 カフカ『アメリカ』 芥川竜之介『河童』　この年、芥川自殺。
二八	51	『愛と反省』刊行。詩集『危機』限定出版。	ドイツ総選挙に社会民主党勝利。各地にスト起こる。 米国、トーキー映画、テレビに成功。 ブレヒト『三文オペラ』　カロッサ『青春変転』　ショーロホフ『静かなるドン』 ローレンス『チャタレイ夫人の恋人』
二九	52	詩集『夜の慰め』刊行。『世界文学の図書館』刊行。	ワシントンで不戦条約宣布式。 世界経済パニック始まる。 ベルリンで共産党暴動。

一九三〇	53	小説『ナルチスとゴルトムント（友情の歴史）』刊行。『此の岸』決定版刊行。（『青春は美わし』『旋風』『太陽軒にて』とその他の改稿を含む）	ツェッペリン飛行船世界一周成功。ハウプトマン『情熱の書』マン『マリオと魔術師』レマルク『西部戦線異状なし』ヘミングウェイ『武器よさらば』小林多喜二『蟹工船』島崎藤村『夜明け前』マン、ノーベル賞受賞。ナチス第二党となる。共産党進出。ドイツ人ボーニノ、原子核破壊の実験。ケストナー『ファビアン』
三一	54	ニノン＝アウスレンダー（一八九五～一九六六）と結婚。美術史専攻、のちギリシア語、ギリシア遺跡研究にいそしむ。ヘッセ夫妻はカサ‐カムッチの家から、ハンス＝C＝ボードマーがヘッセ夫妻のために建てた新居に終生住む。『内面への道』刊行。『ガラス玉遊戯』の一部を書く。	英仏伊三国軍事協定。仏露不可侵条約。ドイツ国内の恐慌深刻、左右両派の衝突しきり。満州事変。奉天占領。日本映画のトーキー化始まる。カロッサ『医師ギオン』フォークナー『サンクチュアリー』シュニッツラー死す。永井荷風『つゆのあとさき』

一九三二	55	『東方への旅（光のふるさと）』刊行。ゲーテの死の百年祭にちなみ『ゲーテへの感謝』を発表。	ドイツ総選挙で、ナチス第一党となる。ハウプトマン『日没前』ロラン『善意の人』丹羽文雄『鮎』　山本有三『女の一生』
三三	56	初期の小説集の第二の決定版『小さい世界』刊行。	ヒトラー首相となる。3・5、国会選挙の結果、ナチスが六四七議席中二八八を獲得。ヒトラー独裁権を附与される。アインシュタイン追放。ナチス焚書。日本、国際連盟より脱退。京大滝川事件。カロッサ『指導と信従』　マン『ヨーゼフとその兄弟』　マルロー『人間の条件』石坂洋次郎『若い人』　谷崎潤一郎『春琴抄』　宮沢賢治、小林多喜二死す。
三四	57	詩選集『生命の樹から』刊行。『ガラス玉遊戯』の序章と『雨乞師』を「ノイエ・ルントシャウ（新展望）」に発表。	ヒトラー、ムッソリーニとヴェネチアに会見。賠償金支払い停止。ナチス、血の粛正始まる。ヒトラー政権をとる。ヒトラー首相、総統を兼任。満州国帝政実施。ローマ教王庁満州国承認。日本、丹那トンネル開通。

一九三五	58	『寓話集』刊行。弟ハンス自殺。	横光利一『紋章』　ヴァッサーマン死す。ドイツ、ユダヤ人迫害。ドイツ海軍再建。石川達三『蒼氓《そうぼう》』　山本有三『真実一路』　日本ペンクラブ創立。
三六	59	スイス最高の文学賞ゴットフリート-ケラー賞を受ける。牧歌『庭の中の時間』を姉アデーレの60歳の誕生日に捧げる。未完の『夢の家』刊行。	ロンドン軍縮会議より日本脱退。日独防共協定。ドイツ、ロカルノ条約破棄、ラインランド進駐。オリンピック・ベルリン大会。日本、2・26事件。カロッサ『成年の秘密』　ミッチェル『風と共に去りぬ』　ゴルキー死す。阿部知二『冬の宿』　堀辰雄『風立ちぬ』　徳田秋声『仮装人物』
三七	60	『思い出草』を姉妹弟に捧げる。『新詩集』『せむしの少年』刊行。	ドイツ兵、モロッコ侵入。ベルリンにてムッソリーニとヒトラー会談。日独伊三国防共協定。日中戦争。第二次上海事変。川端康成『雪国』　永井荷風『濹東綺譚《ぼくとうきたん》』　山本有三『路傍の石』　横光利一『旅愁』
三九	62	ナチス政権下でドイツでのヘッセの作品はこの年から一九四五年まで「望ましから	ドイツ、チェコを併合。独伊軍事同盟。ノモンハン事件。日ソ停戦協定。独ソ

年	年齢	ヘッセ	事項
		ぬ文学」とみなされ、紙の配給を停止された。（このため一九四一年からチューリヒのフレッツ-ウント-ヴァスムート社より著作集が出版される。）	不可侵条約。ドイツ、ポーランドへ進撃。独露、ポーランド分割協定。独軍、ワルシャワ占領。 マン『ワイマルのロッテ』ジッド『日記』 モーリャック『海への道』 井伏鱒二『多甚古村』 泉鏡花、綺堂死す。
一九四一	64	ヘッセの本がスイスで刊行され始める。『真夜中すぎの一時間』『小さい観察』刊行。	日米交渉。独伊、対ソ宣戦。ロンドン大空襲。ヘス、英に脱出。ルーズベルト・チャーチル洋上会談。太平洋戦争勃発。独伊も米国へ宣戦。日ソ中立条約、マレー沖海戦。 カロッサ『美しき惑いの年』 ジェイムズ＝ジョイス、ベルグソン死す。 徳田秋声『縮図』　堀辰雄『菜穂子』 高村光太郎『智恵子抄』
四二	65	これまでの全詩集を『詩集』としてスイス版で刊行。	連合国26ケ国大西洋憲章の共同宣言。英ソ・イラン軍事同盟。日独伊軍事同盟。 東部戦線にてドイツ軍攻勢。スターリングラード突入。ソ連の猛反撃。

			シンガポール陥落。ミッドウェー海戦で日本敗れる。ガダルカナルの悲劇。南太平洋戦争。 ツヴァイク自殺。与謝野晶子、北原白秋、萩原朔太郎死す。 スタインベック『月は沈みぬ』 カミュ『異邦人』
一九四三	66	『ガラス玉遊戯』2巻刊行。	スターリングラードの独軍全滅、連合軍イタリア本土に上陸。伊、無条件降伏。ベルリン空爆。日本軍敗色濃し。山本元帥戦死。アッツ島撤収。
四五	68	詩選『花咲く枝』刊行、姉アデーレに捧げる。短篇と童話『夢のあと』刊行。	米軍ライン河を渡る。露軍ベルリン侵入。ヒトラー自殺。ドイツ無条件降伏。ムッソリーニ逮捕処刑。ソ連対日宣戦。沖縄壊滅的打撃。広島、長崎に原爆。ポツダム宣言受諾。 三宅雪嶺、西田幾多郎、野口雨情、島木健作、三木清死す。
四六	69	評論集『戦争と平和』刊行、ロマン＝ロラン（一九四四年に死す）に捧げる。『ゲーテ	パリ平和会議。第一回原子力管理委員会開催。ニュールンベルク軍事裁判終了。

一九四七	70	への感謝』を『ゲーテ詩抄』と共に刊行。 フランクフルト市からゲーテ賞、及びノーベル賞を受ける。 この年からヘッセの作品は、ドイツでも、フィッシャー書店のあとをついだズールカンプ社から出ることになった。 ベルン大学より名誉博士の称号を贈られる。 アンドレ＝ジッド来訪。 カルプ市の名誉市民となる。	日本、旧指導者公職追放。新憲法発布。ル＝フォール『天使の花環』 レマルク『凱旋門』 ツックマイヤー『悪魔の将軍』 ハウプトマン死す。 坂口安吾『白痴』 島木健作『赤蛙』 宮本百合子『播州平野』 五ケ国講和会議。米ソの対立始まる。中共、国府の和平提案拒否。 2・1ゼネスト。六三制度実施。 カロッサ『イタリア旅行』 マン『ファウスト博士』サルトル『状況』 カミュ『ペスト』スタインベック『真珠』 太宰治『斜陽』 宮本百合子『道標』 幸田露伴、横光利一死す。
四八	71	『初期の散文』の刊行。	ソ連、ベルリン封鎖。米ソ対立尖鋭化。 ガードナー中間子発見。 西ドイツ統合憲章成立。 中共軍北京入城。 極東裁判判決。 大岡昇平『俘虜記』 太宰治『人間失格』

一九四七	72	『テッシンの水彩画』刊行。『ゲルバースアウ』2巻をヘッセの友人の編集で刊行。	伊藤整『小説の方法』 真山青果、菊池寛、太宰治死す。 米英仏など北大西洋条約調印。西独、ボン憲法。ベルリン封鎖解除。東独共和国成立。中華人民共和国成立。毛沢東首席就任。中共軍広東入城。 下山事件、三鷹事件。 ゼーゲルス『死者はいつまでも若い』 ボーヴォワール『第二の性』 カミュ『正義の人々』 川端康成『千羽鶴』　林芙美子『浮雲』 三島由紀夫『仮面の告白』
五〇	73	ヴィルヘルム-ラーベ賞をブラウンシュヴァイク市より贈られる。	朝鮮動乱。 ブロッホ『罪なき人々』 カミュ『革命的人間』 伊藤整『鳴海仙吉』井伏鱒二『本日休診』 大岡昇平『武蔵野夫人』
五一	74	『後期散文集』『書簡集』刊行。	米英仏、対独戦争終結宣言。サンフランシスコ対日講和会議。 開城にて朝鮮休戦予備会談。

一九五二	75	ズールカンプ社から『全作品集』を6巻本として刊行、詩人の75歳を祝う。『二つの牧歌』刊行。ドイツ、スイス各地で75回目の誕生祝い。『ペーター=カーメンチント』『車輪の下』が東独の「進歩的ドイツ作家文庫」の中に加えられる。『ヘッセへの感謝』刊行。	カロッサ『狂った世界』マン『選ばれた人』サルトル『悪魔と神』大岡昇平『野火』カザック『大いなる網』ヘミングウェイ『老人と海』スタインベック『エデンの東』伊藤整『火の鳥』野間宏『真空地帯』
五四	77	『ヘッセとロマン=ロラン往復書簡』刊行。旧友、ホイス大統領から「プール-ル-メリト」顕功勲章を贈られる。今まで非売だった『ピクトルの変身』絵入り本刊行。	西独主権回復。自衛隊発足。久保山事件。ヘミングウェイ、ノーベル賞を受ける。サガン『悲しみよ、今日は』川端康成『山の音』
五五	78	西ドイツ出版社協会から「平和賞」を贈られる。回顧録『過去を呼び返す』刊行。トーマス=マンの80歳を祝う書簡を「新展	ソ連、対独戦争終結宣言。マン死す。カロッサ『若き医者の日』梅崎春生『砂時計』

一九五六	79	望」に発表。 ヘルマン＝ヘッセ賞が西独カールスルーエ市に設けられる。	ベン、ブレヒト、カロッサ死す。 石原慎太郎『太陽の季節』 深沢七郎『楢山節考』 原田康子『挽歌』　三島由紀夫『金閣寺』
五七	80	ズールカンプ版『ヘッセ全集』に「観察」「書簡集」「日記」などを収めた第7巻が増補された。 80歳の誕生祝いが行われる。	ソ連、人工衛星打ち上げ成功。 国際ペン大会。 大江健三郎『死者の奢り』井上靖『氷壁』 開高健『パニック』『裸の王様』
六一	84	新詩抄『階段』刊行。	日ソ民間文化協定調印。 ケネディ米大統領に就任。 ソ連人工衛星船（ガガーリン搭乗）打ち上げ成功。 庄野潤三『浮き灯台』　文学者、出版社に対する右翼の圧力目立つ。
六二	85	8・9、モンタニョーラの自宅に死す。数年来の出血性白血病による。近くの聖《サン》アボンディオ教会に葬られる。 年末、ズールカンプ社のウンゼルト篇『ヘッセの思い出に』が知友に配られる。	アルジェリア独立。中国・インド、国境問題で紛争。キューバ問題で米ソ対立。 北杜夫『楡《にれ》家の人々』　野上弥生子『秀吉と利休』　芹沢《せりざわ》光治良《こうじろう》『人間の運命』 石坂洋次郎『光る海』

一九六五		『遺稿散文集』刊行。
六六		一八七七年から一八九五年にわたるヘッセの少青年時代の、ヘッセ及びその周囲の人々の書簡その他を集めた『一九〇〇年前の少年時代及び青年時代』刊行。
七〇		9・22、血栓症により、ニノン夫人死す。12巻本の普及版全集を刊行。

室生犀星、武林無想庵、柳田国男、正宗白鳥死す。
ベトナム戦争始まる。
ILO対日調査団来日。朝永振一郎、ノーベル物理学賞受賞。
井伏鱒二『黒い雨』
大江健三郎『厳粛な綱渡り』
谷崎潤一郎、梅崎春生、江戸川乱歩死す。
福永武彦『死の島』　三浦哲郎『野の声』
遠藤周作『沈黙』　野間宏『青年の環』
有吉佐和子『華岡青洲の妻』
北杜夫『白きたおやかな峰』
三島由紀夫、陸上自衛隊に体験入学。
円地文子『人間の道』　大岡昇平『レイテ戦記』　小島政二郎『眼中の人』
安岡章太郎『幕が下りてから』
舟橋聖一『好きな女の胸飾り』
壺井栄死す。

参考文献

●ヘッセの著作の邦訳書

『青春彷徨』(文庫)関泰祐訳――岩波書店　一九三七
『新潮社版　ヘッセ全集』　高橋健二訳――新潮社　一九五二～五三
『若い日』(文庫)井手賁夫訳――角川書店　一九六一
『ヘルマン=ヘッセ全集』(全18巻)相良守峯・尾崎喜八・手塚富雄・國松孝二他訳――三笠書房　一九五八～六〇
『ガラス玉遊戯』(上・下　文庫)井手賁夫訳――角川書店　一九五五～五六
『人文書院版　ヘッセ作品集』　高橋健二・芳賀檀他訳――人文書院　一九七四～七六
『青春彷徨・車輪の下・春の嵐・デーミアン』　吉田正巳他訳――筑摩書房　一九七四
『車輪の下』(少年少女文庫)片岡啓治訳――春陽堂書店　一九七八
『ヘッセからあなたへ』　高橋健二訳――主婦の友社　一九七八
『生きることについて――ヘッセの言葉――』　三浦靱郎訳編――社会思想社　一九八四
『蝶』　V=ミヒェルズ編、岡田朝雄訳――朝日出版社　一九八四
『春の嵐』　山本藤枝訳――岩崎書店　一九八五
『ヘッセ-マン往復書簡集』　井手賁夫・青柳謙二訳――筑摩書房　一九八五
『ヘッセ詩集』　高橋健二訳――白凰社　一九八五
『漂泊の魂』(文庫)相良守峯訳――岩波書店　一九八七
『ヘッセ詩集』(文庫)高橋健二訳――新潮社　一九八八

『青春はうるわし』（文庫） 関泰祐訳 ―― 岩波書店 一九八九
『車輪の下』（文庫） 岩淵達也他訳 ―― 旺文社 一九八九

●ヘッセの邦文参考書

『ヘッセ研究』 高橋健二著 ―― 新潮社 一九五七
『ヘルマン＝ヘッセ研究』（ヘルマン＝ヘッセ全集別巻） 相良守峯他著 ―― 三笠書房 一九五八
『ヘルマン＝ヘッセ研究――第一次世界大戦終了まで――』 井手賁夫著 ―― 三修社 一九七三
『ヘルマン＝ヘッセ――危機の詩人――』 高橋健二著 ―― 新潮社 一九七四
『図録ヘルマン＝ヘッセ――生誕百年記念――』 高橋健二監 ―― 木耳社 一九七七
『ヘッセ』 B＝ツェラー著 井原恵治訳 ―― 理想社 一九八一
『ヘッセ――思い出の詩人画家――』 高橋健二訳 ―― 主婦の友社 一九七七
『ヘルマン＝ヘッセをめぐって』 滝沢寿一・井手賁夫・小島公一郎共編 ―― 三修社 一九八二
『生きることについて――ヘッセの言葉――』 三浦靱郎訳編 ―― 社会思想社 一九八四
『人間の生き方（ゲーテ・ヘッセ・ケストナーと共に）』 高橋健二著 ―― 郁文堂 一九九〇

●英文・独文参考書（入手しやすいものに限った）

Hermann Hesse : *Gesammelte Schriften* 7Bände. Suhrkamp. Frankfult. a. M. 1958.
Hermann Hesse : *Werkausgabe* 12Bände. Suhrkamp. Frankfult a. M. 1970.
Hermann Hesse : *Gesammelte Briefe* 4Bände. Suhrkamp. Frankfult a. M. 1. 1973. 2. 1979. 3. 1982. 4. 1986.

Kindheit Und Jugend Vor Neunzehnhundert. *Hermann Hesse in Briefen und Lebenszeugnissen. 1877 -1895. Ausgewählt. und herausgegeben von Ninon Hesse* Suhrkamp. Frankfurt. a. M. 1966.

Hugo Ball : *Hermann Hesse. Sein Leben und sein Werk* Berlin 1927.

Mark Boulby : *Hermann Hesse, His Mind and Art* New York. 1967.

Goseph Mileck : *Hermann Hesse-Biography and Bibliography 2 vol.* University of California Press. Berkeley, Los Angeles, London. (1977)

Adrian Hsia : *Hermann Hesse und China. Darstellung, Materialien und Interpretation von Adrian Hsia* Suhrkamp. Frankfurt am M. (1974)

Rudolf Koester : *Hermann Hesse* Stuttgart. (1975)

Volker Michels : *Über Hermann Hesse* 2Bde. Suhrkamp Taschenbuch 1976, 1977,

Martin Pfeifer : *Hermann Hesses weltweite Wirkung, Internationale Rezeptionsqeschichte* 2Bde. Suhrkamp 1977, 1979,

Siegfried Unseld : *Hermann Hesse, eine Werkgeschichte* Suhrkamp 1973.

Ralph Freedman : *Hermann Hesse. Autor der Krisis, Eine Biographie* Suhrkamp 1982.

さくいん

【人 名】

ヘッセ■人と思想89　　定価はカバーに表示

1990年11月5日　第1刷発行©
2015年9月10日　新装版第1刷発行©

・著　者 ……………………………井手《いで》　賁夫《あやお》
・発行者 ……………………………渡部　哲治
・印刷所 ……………………………広研印刷株式会社
・発行所 ……………………………株式会社　清水書院

〒102-0072　東京都千代田区飯田橋3-11-6
Tel・03(5213)7151〜7
振替口座・00130-3-5283
http://www.shimizushoin.co.jp

検印省略
落丁本・乱丁本は
おとりかえします。

CenturyBooks

Printed in Japan
ISBN978-4-389-42089-5

CenturyBooks

清水書院の〝センチュリーブックス〟発刊のことば

近年の科学技術の発達は、まことに目覚ましいものがあります。月世界への旅行も、近い将来のこととして、夢ではなくなりました。しかし、一方、人間性は疎外され、文化も、商品化されようとしていることも、否定できません。

いま、人間性の回復をはかり、先人の遺した偉大な文化を継承して、高貴な精神の城を守り、明日への創造に資することは、今世紀に生きる私たちの、重大な責務であると信じます。

私たちがここに、「センチュリーブックス」を刊行いたしますのは、人間形成期にある学生・生徒の諸君、職場にある若い世代に精神の糧を提供し、この責任の一端を果たしたいためであります。

ここに読者諸氏の豊かな人間性を讃えつつご愛読を願います。

一九六七年

SHIMIZU SHOIN